拷問《ごうもん》ASMR《エーエスエムアール》

恐《きょう》怖《ふ》の音《おと》当《あ》てクイズ

西《にし》羽《わ》咲《ざき》花《か》月《つき》・著　雲《くも》七《な》紅《こう》・絵

野いちごジュニア文庫

【動画《どうが》を視聴《しちょう》して一〇〇万円《まんえん》ゲット！】

退屈《たいくつ》な日々《ひび》を過《す》ごしていた私《わたし》の目《め》に飛《と》び込《こ》んできたのは、今流行《いまはや》りの動画配信《どうがはいしん》サイトからの通知《つうち》だった。

ゲームの内容《ないよう》は、音当《おとあ》て。

『ASMR《エーエスエムアール》』と呼《よ》ばれる身近《みじか》な〝音《おと》〟が、お題《だい》のようだった。

誰《だれ》でも参加《さんか》OK！

参加費《さんかひ》は無料《むりょう》！

答《こた》えはコメント欄《らん》を利用《りよう》して書《か》き込《こ》むだけ。

ルールも簡単《かんたん》そうだった。

詐欺《さぎ》サイトかもしれない。

最初《さいしょ》はそう思《おも》った。

だけど、一〇〇万円《まんえん》という言葉《ことば》に私《わたし》たちは冷静《れいせい》さを失《うしな》っていた。

仲間四人《なかまよにん》で協力《きょうりょく》すれば、クリアできるかもしれない。

しかも、もらった一〇〇万円《まんえん》は四人《よにん》で山分《やまわ》けしても一人《ひとり》二十五万円《まんえん》。
中学生《ちゅうがくせい》の私《わたし》たちにとっては、大金《たいきん》だった。
私《わたし》たち四人《よにん》はゲームに参加《さんか》することになる。
「拷問《ごうもん》」という名《な》の復讐《ふくしゅう》とも知《し》らずに——。

『ASMR《エーエスエムアール》』とは
さまざまな音《おと》を高音質《こうおんしつ》で流《なが》すもので、川《かわ》のせせらぎや動物《どうぶつ》がなにか食《た》べているときの音《おと》などを指《さ》すことが多《おお》い。音《おと》によってはリラックス効果《こうか》も期待《きたい》できる。一般的《いっぱんてき》には『エー・エス・エム・アール』と言《い》われており、『アスマー』『アズマー』と呼《よ》ばれることもある。

拷《ごう》問《もん》A《エー》S《エス》M《エム》R《アール》 恐怖の音当てクイズ

キャラクター紹介《しょうかい》

堀川《ほりかわ》由佳《ゆか》

二年《にねん》A組《ぐみ》の中《なか》で目立《めだ》つ存在《そんざい》で、スクールカーストのトップ。仲良《なかよ》し四人組《よにんぐみ》のリーダーでもあり、由佳《ゆか》には誰《だれ》も逆《さか》らえない。岩上《いわがみ》のことが気《き》に食《く》わずイジメているが、だんだんエスカレートしていき…。

岩上《いわがみ》泉《いずみ》

二年生《にねんせい》の四月《しがつ》から転校《てんこう》してきた地味《じみ》な女子《じょし》。銀縁《ぎんぶち》メガネをかけていて、前髪《まえがみ》で顔《かお》を隠《かく》している。クラスでも浮《う》いた存在《そんざい》で、由佳《ゆか》たちから壮絶《そうぜつ》なイジメにあっている。

仲良《なかよ》し四人《よにん》

宝来和美《ほうらいかずみ》

由佳《ゆか》とは一年《いちねん》のときから同《おな》じクラス。調子《ちょうし》のいいタイプで、由佳《ゆか》の顔色《かおいろ》をうかがいながら、行動《こうどう》している。裏《うら》ＳＮＳ《エスエヌエス》で岩上《いわがみ》の個人《こじん》情報《じょうほう》を売《う》ったことがある。

大月進《おおつきすすむ》

学年《がくねん》一《いち》のモテ男《おとこ》。イケメンで優等生《ゆうとうせい》タイプだが、由佳《ゆか》に片思《かたおも》いをしている。岩上《いわがみ》の恥《は》ずかしい合成《ごうせい》写真《しゃしん》を作成《さくせい》し、校内《こうない》にバラ撒《ま》いたことがある。

好《す》き

古屋久貴《ふるやひさたか》

制服《せいふく》を着崩《きくず》した、不真面目《ふまじめ》なやんちゃタイプ。よく和美《かずみ》と軽口《かるくち》をたたき合《あ》っている。岩上《いわがみ》の手《て》を執拗《しつよう》に踏《ふ》み付《つ》け、複雑骨折《ふくざつこっせつ》をさせたことがある。

あらすじ

二年《にねん》A組《ぐみ》の仲良《なかよ》し四人組《よにんぐみ》。クラスでも目立《めだ》つ彼《かれ》らは、リーダーの由佳《ゆか》を筆頭《ひっとう》に、**地味女子《じみじょし》・岩上《いわがみ》をイジメていた。**

イジメはだんだんエスカレートしていき…。

動画を視聴して
100万円ゲット！
誰でも参加OK！
参加費は無料！
指定の生配信動画を視聴して、
音だけで
なにをしているのかを当てる
『音当てクイズ』です。
コメント欄を利用して答えを
書き込んでね！
たくさんのご参加お待ち
しております！
URL

ある日《ひ》、全問正解《ぜんもんせいかい》すると賞金《しょうきん》として100万円《まんえん》がもらえる**「音当《おとあ》てクイズ」に参加《さんか》することに。**

一問《いちもん》、二問《にもん》、三問《さんもん》…と順調《じゅんちょう》に正解《せいかい》していく四人《よにん》。

調子《ちょうし》にのった彼《かれ》らは、動画配信《どうがはいしん》がされている
と思《おも》われる学校《がっこう》に忍《しの》び込《こ》むが…
音楽室
狐《きつね》のお面《めん》をかぶった謎《なぞ》の人物《じんぶつ》に
拘束《こうそく》されてしまい…!?
「音当《おとあ》てクイズ」という
名《な》の拷問《ごうもん》が、今始《いまはじ》まる――
真夜中《まよなか》の学校《がっこう》で
繰《く》り広《ひろ》げられる、
サイコパス復讐劇《ふくしゅうげき》！
「問題《もんだい》です。
これは何《なん》の音《おと》
でしょう？」
つづきは本編《ほんぺん》を読《よ》んでね！

もくじ

動画視聴《どうがしちょう》

中垣西中学《なかがきにしちゅうがく》二年A組《にねんエーぐみ》の教室内《きょうしつない》には、今日《きょう》もにぎやかな話《はな》し声《ごえ》が聞《き》こえていた。

「由佳《ゆか》、メイク変《か》えた？」

「わかる？　リップ新色《しんしょく》にしたんだぁ」

「いいなぁ、それ私《わたし》も狙《ねら》ってたやつ！」

私《わたし》、堀川由佳《ほりかわゆか》の唇《くちびる》を見《み》て、宝来和美《ほうらいかずみ》がため息《いき》をつく。

「うらやましがるなよ。和美《かずみ》が同《おな》じメイクしたって変《か》わらないんだから」

「久貴《ひさたか》ひどい！」

いつも一緒《いっしょ》にいる古屋久貴《ふるやひさたか》の心《こころ》ない一言《ひとこと》にそばかす顔《がお》の和美《かずみ》が頬《ほお》を膨《ふく》らませたとき、教室前方《きょうしつぜんぽう》から一人《ひとり》の男子生徒《だんしせいと》、大月進《おおつきすすむ》が入《はい》ってきた。

進《すすむ》は私《わたし》たちに気《き》がつくと、すぐに笑顔《えがお》になって近《ちか》づいてくる。

「おはよう、由佳《ゆか》」

「おはよう進《すすむ》」

私《わたし》は手鏡《てかがみ》を机《つくえ》に置《お》いて、自分《じぶん》の顔《かお》を熱心《ねっしん》に見《み》ながら返事《へんじ》をした。

その態度《たいど》に進《すすむ》と久貴《ひさたか》が軽《かる》く目《め》を合《あ》わせる。

「由佳《ゆか》、もっとちゃんと返事《へんじ》してやれよ」

「え？　なにが？」

ようやく鏡《かがみ》から顔《かお》を上《あ》げて、キョトンとした表情《ひょうじょう》を久貴《ひさたか》へ向《む》ける。

そんな私《わたし》に進《すすむ》は苦笑《にがわら》いを浮《う》かべた。

「大丈夫《だいじょうぶ》だよ久貴《ひさたか》。俺《おれ》はもう慣《な》れたから」

「進《すすむ》、かわいそう」

和美《かずみ》が〝ご愁傷《しゅうしょう》さま〟と手《て》を合《あ》わせる。

私一人《わたしひとり》だけが、意味《いみ》がわからずに首《くび》をかしげるばかりだ。

二年《にねん》A《エー》組《ぐみ》の中《なか》では、私《わたし》をリーダーとしてこの四人組《よにんぐみ》が一番《いちばん》の仲良《なかよ》しグループだった。

肩《かた》につく長《なが》さの髪《かみ》の毛《け》はゴムでまとめなければならないけれど、私《わたし》はそれを無視《むし》して肩《かた》まで垂《た》らし、スカートも短《みじか》く折《お》って穿《は》いている。

和美《かずみ》もそれを真似《まね》するようにスカート丈《たけ》は短《みじか》くしていた。

久貴《ひさたか》は私《わたし》と同様《どうよう》にシャツのボタンを外《はず》したり、ズボンからシャツを出《だ》したりして制服《せいふく》を着崩《きくず》している。

そんななか、地毛《じげ》こそ薄茶色《うすちゃいろ》だけど、進《すすむ》だけが髪色《かみいろ》も服装《ふくそう》も校則《こうそく》を守《まも》っていた。

ときどき私《わたし》が『こうするとかっこいいのに』とアドバイスしているけれど、いちいち校則《こうそく》を破《やぶ》ってまでおしゃれをしたいと思《おも》ってはいないみたいだ。

それでも学年一《がくねんいち》モテるくらいに顔《かお》がよかった。

「学年一《がくねんいち》のモテ男《お》でも苦労《くろう》することってあるんだなぁ」

久貴《ひさたか》が進《すすむ》の肩《かた》をついて茶化《ちゃか》しているけれど、なんのことかわからない。

進《すすむ》は顔《かお》をしかめて「うるさいな」と言《い》うと、そっぽを向《む》いてしまった。

「二年《にねん》になってからずっと好《す》きなんだろ？　そろそろ告白《こくはく》しろよ」

「気《き》まずくなったら嫌《いや》だろ」

コソコソしていて、ほとんど会話《かいわ》は聞《き》こえてこない。

そして、ダラダラと朝《あさ》の時間《じかん》を過《す》ごしていたときだった。

ピコンと音《おと》がしたので、こっそりスカートのポケットからスマホを取《と》り出《だ》した。

「ちょっと、バレたら取《と》り上《あ》げられるよ？」

和美《かずみ》は気《き》が気《き》ではない様子《ようす》でささやく。

「えへへ、音消《おとけ》すの忘《わす》れてた」

ペロッと舌《した》を出《だ》してみせる。

今《いま》は担任《たんにん》がいないから、きっと大丈夫《だいじょうぶ》だ。

スマホ画面《がめん》を確認《かくにん》していると、自然《しぜん》と「え。嘘《うそ》」と、声《こえ》が漏《も》れてしまった。

「なにか面白《おもしろ》いことでもあった？」

進《すすむ》からの質問《しつもん》に、私《わたし》はスマホ画面《がめん》をみんなにも見《み》えるように机《つくえ》の上《うえ》に置《お》いた。

「今晩《こんばん》新《あたら》しい動画《どうが》が配信《はいしん》されるらしいんだけど、ちょっと面白《おもしろ》そうかも」

それは今流行《いまはや》りの動画配信《どうがはいしん》サイトからの通知《つうち》だった。

視聴《しちょう》したことのない配信者《はいしんしゃ》の動画《どうが》でも、類似動画《るいじどうが》としておすすめをしてくれる。

「配信者《はいしんしゃ》、誰《だれ》？」

和美《かずみ》が画面《がめん》を覗《のぞ》き込《こ》んで尋《たず》ねる。

「わかんない。でもほら、ここ見《み》て」

指差《ゆびさ》したところには【動画《どうが》を視聴《しちょう》して一〇〇万円《まんえん》ゲット！】という宣伝文句《せんでんもんく》が書《か》かれている。

「なにこれ、お金《かね》くれるの？」

和美《かずみ》の目《め》が一瞬《いっしゅん》にして輝《かがや》く。

私《わたし》は画面《がめん》をスクロールしながら詳細《しょうさい》を確認《かくにん》した。

「今夜《こんや》この人《ひと》……『狐《きつね》』って配信《はいしん》ネームの人《ひと》が生配信《なまはいしん》するみたい。そこでゲームをして勝《か》ち抜《ぬ》いた人《ひと》に一〇〇万円《まんえん》をあげるって書《か》いてる」

ゲーム内容《ないよう》は、音《おと》を聞《き》いてなにをしているのか当《あ》てるもののようだ。

「ASMR《エーエスエムアール》みたいだな」

そう言《い》ったのは進《すすむ》だ。

『ASMR《エーエスエムアール》』はさまざまな音《おと》を高音質《こうおんしつ》で流《なが》すもので、川《かわ》のせせらぎや動物《どうぶつ》がなにか食《た》べているときの音《おと》などが多《おお》い。

一般的《いっぱんてき》には『エー・エス・エム・アール』

動画を視聴して
100万円ゲット！
誰でも参加OK！
参加費は無料！
指定の生配信動画を視聴して、
音だけで
なにをしているのかを当てる
『音当てクイズ』です。
コメント欄を利用して答えを
書き込んでね！
たくさんのご参加お待ち
しております！
URL

と言《い》われているけれど、『アスマー』『アズマー』と呼《よ》ぶ人《ひと》もいて、これらにはリラックス効果《こうか》があるとかで、最近《さいきん》とくに人気《にんき》になっていた。

「当《あ》てるって、どうやるんだ？」

久貴《ひさたか》に聞《き》かれて私《わたし》はさらに先《さき》を読《よ》み進《すす》めた。

「コメント欄《らん》に答《こた》えを書《か》き込《こ》むらしいよ。不正解《ふせいかい》だと強制的《きょうせいてき》に配信《はいしん》を切《き》られるんだって」

「そんなことができるのか？」

進《すすむ》が首《くび》をかしげている。

「書《か》いてあるんだから、できるんじゃない？」

私《わたし》は肩《かた》をすくめて読《よ》み進《すす》めていく。

「それで最後《さいご》まで音当《おとあ》てクイズに正解《せいかい》することができれば、一〇〇万円《まんえん》ゲット！」

私《わたし》は最後《さいご》にひときわ大《おお》きな声《こえ》で伝《つた》えた。

参加費《さんかひ》などは取《と》らないみたいだし、これは参加《さんか》するしかない。

「一〇〇万円《まんえん》はでかいよな。俺《おれ》の小遣《こづか》い、月《つき》に五千円《ごせんえん》だし」

久貴《ひさたか》は真剣《しんけん》そのもので、みんなの顔《かお》を見《み》まわした。和美《かずみ》と進《すすむ》も頷《うなず》き合《あ》っている。

ただのゲームだし、参加《さんか》くらいしてみてもいいかもしれない。

「配信《はいしん》は今日《きょう》の夜八時《よるはちじ》からだよ。どうする？　集《あつ》まる？」

私《わたし》の問《と》いかけに、「それなら」と進《すすむ》が手《て》を上《あ》げた。

「俺《おれ》の家《いえ》、今日《きょう》は両親《りょうしん》がいないんだ。みんな集《あつ》まるならうってつけだと思《おも》うけど」

「本当《ほんとう》に⁉　それいいじゃん」

思《おも》わず手《て》を叩《たた》いて喜《よろこ》ぶ。

久貴《ひさたか》と和美《かずみ》は視線《しせん》を合《あ》わせた。

「それって俺《おれ》たちも行《い》っていいのか？」

「いいに決《き》まってんじゃん！　ね、進《すすむ》？」

私《わたし》の言葉《ことば》に、進《すすむ》も「今日《きょう》は特別《とくべつ》」と笑《わら》って言《い》う。

それでも久貴《ひさたか》は気《き》にしているようで、「邪魔《じゃま》にならないか？」なんて進《すすむ》に質問《しつもん》している。

「大丈夫《だいじょうぶ》だよ。ゲームをするなら大人数《おおにんずう》のほうが面白《おもしろ》いし」

すぐに進《すすむ》が答《こた》える。

それに、人数《にんずう》が多《おお》いほうが一〇〇万円《まんえん》ゲットのチャンスは大《おお》きくなる。

一〇〇万円《まんえん》あれば、この四人《よにん》でしばらく遊《あそ》ぶことだってできる。

「ここで一〇〇万円《まんえん》ゲットできたら由佳《ゆか》も見直《みなお》してくれるかもよ」

和美《かずみ》が小声《こごえ》で進《すすむ》へ向《む》けて耳打《みみう》ちした。

その瞬間《しゅんかん》、進《すすむ》の頬《ほお》がほんのりと赤《あか》く染《そ》まったけれど、私《わたし》はやっぱり会話《かいわ》の意味《いみ》がわからなかった。

「そんな調子《ちょうし》のいいこと言《い》って、もし俺《おれ》が賞金《しょうきん》をもらったら分《わ》けてもらおうと思《おも》ってるんだろ？」

「えへ、バレてた？」

進《すすむ》の言葉《ことば》に、和美《かずみ》は舌《した》を出《だ》して笑《わら》う。

「和美《かずみ》が考《かんが》えることは単純《たんじゅん》だらかな」

「ちょっとなによその言《い》い方《かた》。まるで私《わたし》がバカみたいじゃない」

会話《かいわ》がわっと盛《も》り上《あ》がってきたところで教室前方《きょうしつぜんぽう》のドアが開《あ》いて、担任《たんにん》が入《はい》ってきた。

まだ若《わか》い、二十代後半《にじゅうだいこうはん》の女性教師《じょせいきょうし》だ。胸《むね》まである黒髪《くろかみ》を後《うし》ろで一《ひと》つに束《たば》ねて、顔《かお》は整《ととの》っているもののどこか神経質《しんけいしつ》そうに見《み》える。

私《わたし》はその教師《きょうし》を一瞥《いちべつ》しただけで、また友人《ゆうじん》たちとの会話《かいわ》に戻《もど》っていった。

「はい、じゃあホームルームをはじめます」

チャイムと同時《どうじ》に担任《たんにん》が言《い》うけど、その声《こえ》は私《わたし》たちの大《おお》きな笑《わら》い声《ごえ》によってかき消《け》されてしまった。

「みんな静《しず》かに、席《せき》についてください」

担任《たんにん》の言葉《ことば》に耳《みみ》を貸《か》す生徒《せいと》は、ほんの一握《ひとにぎ》りだ。

おとなしいタイプの三《さん》、四人《よにん》しかいない。

彼《かれ》らも席《せき》に座《すわ》っているものの、別《べつ》に担任《たんにん》の話《はなし》を真剣《しんけん》に聞《き》いているわけではなかった。

膝《ひざ》の上《うえ》でスマホを操作《そうさ》していたり、堂々《どうどう》と本《ほん》を読《よ》んでいたりする。

それでも静《しず》かにしている彼《かれ》らは、このクラスではいいほうだった。

そのときだった。ガラリと戸《と》の開《ひら》く音《おと》が聞《き》こえてきて、一人《ひとり》の女子生徒《じょしせいと》が遅《おく》れて教室《きょうしつ》に入《はい》ってきた。

長《なが》い前髪《まえがみ》で顔《かお》を隠《かく》し、その奥《おく》には銀縁《ぎんぶち》メガ

ネのフレームがギラギラと光《ひか》っている。

そして猫背《ねこぜ》で自分《じぶん》の席《せき》に向《む》かうのは岩上泉《いわがみいずみ》だ。

「来《き》た来《き》た、地味子《じみこ》」

私《わたし》が笑《わら》って呟《つぶや》くと、それに釣《つ》られて何人《なんにん》かの生徒《せいと》たちも笑《わら》い声《ごえ》を上《あ》げる。

岩上《いわがみ》は二年生《にねんせい》に上《あ》がってから転校《てんこう》してきた生徒《せいと》で、いまだにクラスに馴染《なじ》めずにいる。

「岩上《いわがみ》さん、数学《すうがく》のノートを集《あつ》めて持《も》ってきてください」

今日《きょう》の日直《にっちょく》になっている岩上《いわがみ》に対《たい》して担任《たんにん》が声《こえ》をかけると、岩上《いわがみ》は無言《むごん》で頷《うなず》いて廊下《ろうか》側《がわ》の前《まえ》の席《せき》から順番《じゅんばん》にノートを集《あつ》めはじめた。

そして私《わたし》の前《まえ》までやってくると「あの、ノートを……」と、しどろもどろの状態《じょうたい》で呟《つぶや》いた。

「なぁに？　聞《き》こえないんだけど？」

「ノ、ノートの提出《ていしゅつ》を……してください」

私《わたし》への怯《おび》えを隠《かく》しきれず、最後《さいご》のほうはほとんど聞《き》き取《と》れない声《こえ》だ。

「あぁ、ノートね。はい」

私《わたし》は机《つくえ》の中《なか》から自分《じぶん》のノートを取《と》り出《だ》すと、わざと乱暴《らんぼう》に岩上《いわがみ》へと押《お》しつけた。

その拍子《ひょうし》に、両手《りょうて》に抱《かか》えていたほかの生徒《せいと》たちのノートがバラバラと落下《らっか》する。

「おい、なにしてんだよ、オレのノート落《お》としやがったな！」

最初《さいしょ》に怒鳴《どな》ったのは久貴《ひさたか》だ。

それに釣《つ》られて教室《きょうしつ》のあちこちからヤジが飛《と》ぶ。

岩上《いわがみ》は慌《あわ》ててしゃがみ込《こ》んで、ノートをかき集《あつ》めはじめた。

それを見《み》て、今度《こんど》は岩上《いわがみ》をあざ笑《わら》う声《こえ》が聞《き》こえてくる。

長《なが》い髪《かみ》の毛《け》に隠《かく》れて顔《かお》は見《み》えないけれど、相当悔《そうとうくや》しがっているはずだ。

「そこ、なにしてるの」

騒《さわ》ぎを見《み》ていた担任《たんにん》がようやく注意《ちゅうい》してきたので、私《わたし》は担任《たんにん》を睨《にら》みながら盛大《せいだい》なため息《いき》を吐《は》き出《だ》した。そして右手《みぎて》を上《あ》げて、「先生《せんせい》の声《こえ》が小《ちい》さくて聞《き》こえませぇん！」とひときわ大《おお》きな声《こえ》で発言《はつげん》した。

A組《エーぐみ》の教室内《きょうしつない》に私《わたし》の声《こえ》が響《ひび》き、みんなが一斉《いっせい》に会話《かいわ》をやめる。

その視線《しせん》はすべて担任《たんにん》に向《む》けられていた。

生徒《せいと》たちの目《め》は教師《きょうし》へ向《む》けられていても、それは蔑《さげす》みの目《め》だったり、嘲笑《ちょうしょう》の目《め》だったりする。

「え、えっと。今日《きょう》の授業中《じゅぎょうちゅう》ですが……」

途端《とたん》に静《しず》かになった教室《きょうしつ》に戸惑《とまど》い、言葉《ことば》がうまく続《つづ》かない担任《たんにん》。

「だからぁ！　聞《き》こえませぇん！」

わざとらしく声《こえ》を上《あ》げると、担任《たんにん》は返事《へんじ》をせずにうつむいてしまった。

担任《たんにん》がなにも言《い》えないことをいいことに、前《まえ》の席《せき》に戻《もど》ってきた岩上《いわがみ》へ向《む》けて丸《まる》めた紙《かみ》を投《な》げつけた。

岩上《いわがみ》が振《ふ》り向《む》くと、ニヤリと笑《わら》って「床汚《ゆかよご》しちゃダメじゃん。ちゃんと拾《ひろ》いなよ」と声《こえ》をかける。

岩上《いわがみ》はなにか言《い》いたそうな表情《ひょうじょう》を一瞬《いっしゅん》浮かべただけで、言《い》われたとおりゴミを拾《ひろ》い上《あ》げた。

そしてチラリと担任《たんにん》へ視線《しせん》を向《む》ける。

その視線《しせん》は〝助《たす》けて〟と言《い》っているけれど、担任《たんにん》からの視線《しせん》はすぐにそらされた。

そのとき、神《かみ》の救《すく》いのようにホームルーム終了《しゅうりょう》を告《つ》げるチャイムが鳴《な》りはじめて、担任《たんにん》は逃《に》げるように教室《きょうしつ》を出《で》たのだった。

一日《いちにち》のつまらない授業《じゅぎょう》が終《お》わったとき、私《わたし》は欠伸《あくび》と伸《の》びを繰《く》り返《かえ》した。

学校《がっこう》って、どうしてこんなにつまらないんだろう。

毎日毎日《まいにちまいにち》興味《きょうみ》のない授業《じゅぎょう》を受《う》けてテストをして、それで人間《にんげん》のなにがわかるっていうんだろう。

それでも中学《ちゅうがく》の三年間《さんねんかん》で進路《しんろ》が決《き》まると言《い》われているのが、納得《なっとく》いかなかった。

「由佳《ゆか》、なにぼーっとしてんの？」

椅子《いす》に座《すわ》ったままでいると、いつの間《ま》にか和美《かずみ》が近《ちか》づいてきていた。

すでに帰《かえ》る準備《じゅんび》を済《す》ませている。

「眠《ねむ》くてぼーっとしてただけ」

答《こた》えながら帰《かえ》りの支度《したく》をはじめる。

といっても、勉強道具《べんきょうどうぐ》はほとんど学校《がっこう》に置《お》いて帰《かえ》っている。

軽《かる》いカバンを手《て》に立《た》ち上《あ》がると、進《すすむ》と久貴《ひさたか》もやってきた。

「今日《きょう》は予定《よてい》どおり俺《おれ》の家《いえ》でいい？」

進《すすむ》に言《い》われて私《わたし》は頷《うなず》いた。

異論《いろん》がある人《ひと》はいなそうだ。

四人揃《よにんそろ》ってぞろぞろと帰宅《きたく》できるのは、みんなが部活《ぶかつ》に入《はい》っていないからだった。

一年生《いちねんせい》のころは強制的《きょうせいてき》にどこかに入部《にゅうぶ》しなければならなかったから、私《わたし》は吹奏楽部《すいそうがくぶ》に入《はい》っていた。

だけど二年生《にねんせい》になってからは、きれいサッパリやめてしまった。

学校《がっこう》の方針《ほうしん》で部活《ぶかつ》に参加《さんか》するように言《い》われていただけで、別《べつ》にやってみたいこともなかったし、実際《じっさい》にやってみたフルートはうまく音《おと》が出《だ》せないまま一年間《いちねんかん》が終《お》わってしまった。

二年生《にねんせい》になって退部《たいぶ》してからは、私《わたし》と同《おな》じように帰宅部《きたくぶ》になったほかの仲間《なかま》たちと仲《なか》良《よ》くなって、なんとなく一緒《いっしょ》に過《す》ごす時間《じかん》が多《おお》くなった。

結局《けっきょく》、自分《じぶん》はなにもしたくないのかもしれないと思《おも》う。

こうして四人《よにん》で毎日《まいにち》ダラダラ過《す》ごすことができればそれでいい。

授業《じゅぎょう》は退屈《たいくつ》だけど、それなりに楽《たの》しい時間《じかん》を過《す》ごしていると思《おも》うし、それ以上《いじょう》のことは望《のぞ》んでもいない。

「今日《きょう》の岩上《いわがみ》も面白《おもしろ》かったねぇ」

階段《かいだん》をおりながら思《おも》い出《だ》したように和美《かずみ》が言《い》う。

今日《きょう》は昼休憩中《ひるきゅうけいちゅう》に岩上《いわがみ》に大声《おおごえ》で歌《うた》うように命令《めいれい》した。

みんなの前《まえ》で震《ふる》えながら流行《はや》りの曲《きょく》を歌《うた》う姿《すがた》は、おかしくてたまらなかった。

岩上《いわがみ》は完全《かんぜん》に私《わたし》たちの操《あやつ》り人形《にんぎょう》だ。

「オレらに反抗《はんこう》すれば一〇〇倍《ばい》で返《かえ》ってくることがわかってるもんなぁ」

久貴《ひさたか》がゲラゲラと下品《げひん》な笑《わら》い声《ごえ》を上《あ》げて答《こた》える。

岩上《いわがみ》は最初《さいしょ》からおとなしくしていたわけではなかった。

私《わたし》たちのターゲットになってしばらくは抵抗《ていこう》し、先生《せんせい》に相談《そうだん》もしていた。

だけど、その結果《けっか》がなにも残《のこ》らなかった。

担任《たんにん》まで私《わたし》たちの存在《そんざい》に怯《おび》えて、なにも対処《たいしょ》してくれなかったからだ。

そのときから岩上《いわがみ》は急《きゅう》におとなしくなった。

すべてを諦《あきら》めたように、言《い》いなりになったのだ。

「あ、忘《わす》れ物《もの》したかも」

校門《こうもん》が見《み》えてきたところで、進《すすむ》がそう呟《つぶや》いて立《た》ち止《ど》まった。

カバンの中《なか》を探《さぐ》っているけど、お目当《めあ》てのものは見《み》つけられないみたいだ。

「忘《わす》れ物《もの》ってなに？　置《お》いて帰《かえ》っちゃダメなもの？」

不思議《ふしぎ》に感《かん》じて質問《しつもん》すると進《すすむ》は苦笑《にがわら》いを浮《う》かべた。

「スマホ」

「嘘《うそ》、スマホ忘《わす》れてくるとかある？」

休憩時間《きゅうけいじかん》もつねにスマホを気《き》にしている私《わたし》にとっては、信《しん》じられないことで思《おも》わず目《め》を丸《まる》くした。

「オレたちゆっくり歩《ある》いてるから、取《と》りに行《い》ってこいよ」

「悪《わる》いな。ちょっと行《い》ってくる」

進《すすむ》はそう言《い》うと慌《あわ》てて教室《きょうしつ》へと戻《もど》ったのだった。


「進《すすむ》とはどうなのよ？」

進《すすむ》が校舎《こうしゃ》へ戻《もど》っていくのを見届《みとど》けた和美《かずみ》が、すぐさま近《ちか》づいて質問《しつもん》してきた。

私《わたし》は首《くび》をかしげて、「どうって？」と聞《き》き返《かえ》す。

「好《す》きなの？　進《すすむ》のこと？」

「好《す》きなのは好《す》きだけど、友達《ともだち》としてね」

冷《さ》めた調子《ちょうし》で答《こた》えると和美《かずみ》と久貴《ひさたか》は視線《しせん》をかわした。

「本当《ほんとう》に？　本当《ほんとう》に友達《ともだち》としてなのかよ？」

「しつこいなぁ。どうして私《わたし》と進《すすむ》をくっつけようとするの？」

「だってほら、二人《ふたり》って美男美女《びなんびじょ》でお似合《にあ》いだし、進《すすむ》って優《やさ》しいしさぁ」

「だからって好《す》きになるとか単純《たんじゅん》すぎでしょ」

思《おも》わず笑《わら》ってしまった。

その反応《はんのう》を見《み》て、なぜだか和美《かずみ》と久貴《ひさたか》はガックリと肩《かた》を落《お》とした。

「二人《ふたり》が付《つ》き合《あ》いはじめたら、今《いま》よりももっと楽《たの》しくなりそうなのに」

なんて、和美《かずみ》は勝手《かって》なことをブツブツ言《い》っている。

そうこうしている間《あいだ》に、後《うし》ろから足音《あしおと》が聞《き》こえてきて進《すすむ》が戻《もど》ってきた。

右手《みぎて》にはしっかりとスマホが握《にぎ》りしめられている。

「悪《わる》い悪《わる》い」

走《はし》ってきたから軽《かる》く息《いき》が切《き》れて額《ひたい》に汗《あせ》が滲《にじ》んでいる。

「スマホは命《いのち》なんだから、忘《わす》れないようにしなきゃ」

私《わたし》は進《すすむ》の肩《かた》をポンッと叩《たた》く。

進《すすむ》はそれだけで照《て》れたように赤《あか》くなって、「そうだな」と笑《わら》ったのだった。

視聴開始《しちょうかいし》

それから私《わたし》たちは最寄《もよ》りのコンビニへ立《た》ち寄《よ》って、ジュースとお菓子《かし》、晩《ばん》ご飯《はん》を買《か》い込《こ》んだ。

進《すすむ》の家《いえ》は、学校《がっこう》から十分《じっぷん》ほど歩《ある》いたところにあるマンションの三階部分《さんかいぶぶん》だった。

セキュリティのしっかりしているマンションで、入《い》り口《ぐち》の右手《みぎて》には管理人室《かんりにんしつ》がある。

私《わたし》たちは笑顔《えがお》で管理人《かんりにん》に挨拶《あいさつ》をして部屋《へや》へと向《む》かった。

「おじゃましまぁす」

部屋《へや》に入《はい》ると広《ひろ》いリビングダイニングが見《み》える。

その奥《おく》にドアがいくつかあるから、どこかが進《すすむ》の部屋《へや》になっているみたいだ。

「俺《おれ》の部屋《へや》はこっち」

進《すすむ》が先《さき》に歩《ある》いて案内《あんない》してくれる。

その部屋《へや》は六畳《ろくじょう》ほどのフローリングで、きれいに整頓《せいとん》されていた。

「すっごいきれいにしてんなぁ！　もしかして今日《きょう》オレたちがここに来《く》ることがわかって

いたのか？」

「そんなわけないだろ。俺《おれ》こう見《み》えてもきれい好《ず》きなんだよ」

進《すすむ》が久貴《ひさたか》にツッコミを入《い》れつつ、全員《ぜんいん》で白《しろ》いテーブルを囲《かこ》むように座《すわ》る。

勉強机《べんきょうづくえ》はないけど、壁一面《かべいちめん》が本棚《ほんだな》になっていて、そこに教科書《きょうかしょ》や参考書《さんこうしょ》が一緒《いっしょ》に突《つ》っ込《こ》まれている。

小《ちい》さめのテレビにはゲーム機《き》がつながれていた。

あとはベッドとクローゼットがあるくらいの、シンプルな部屋《へや》だ。

「由佳《ゆか》、配信《はいしん》って何時《なんじ》からだっけ？」

「夜《よる》の八時《はちじ》からだよ」

スマホで時間《じかん》を確認《かくにん》すると、夕方《ゆうがた》の四時《よじ》ごろだ。

まだ四時間《よじかん》もある。

すると和美《かずみ》が、さっそくお菓子《かし》を広《ひろ》げはじめた。

「甘《あま》いものとしょっぱいものって永遠《えいえん》に食《た》べられるよね」

そう言《い》いながら次々《つぎつぎ》と種類《しゅるい》の違《ちが》うお菓子《かし》を口《くち》に運《はこ》ぶ。

「さすが和美《かずみ》、いい食《く》いっぷりしてるなぁ」

久貴《ひさたか》が、口元《くちもと》に食《た》べかすをつけた和美《かずみ》を見《み》て大笑《おおわら》いする。

「なによぉ、自分《じぶん》だってお菓子《かし》大好《だいす》きなくせに！」

二人《ふたり》にかかれば、お菓子《かし》はあっという間《ま》になくなってしまう。

「それよりさぁ、二年生《にねんせい》になってからの由佳《ゆか》ってまじでヤバいよね」

急《きゅう》に話題《わだい》を振《ふ》られて、瞬《まばた》きを繰《く》り返《かえ》して和美《かずみ》を見《み》た。

「私《わたし》がヤバいって、なんで？」

「だって、逆《さか》らうやつは抹殺《まっさつ》って感《かん》じの雰囲気《ふんいき》してんじゃん」

和美《かずみ》が笑《わら》いながら言《い》う。

私《わたし》は顔《かお》をしかめて「そんなことないし」と言《い》い返《かえ》す。

けれど強《つよ》く反論《はんろん》できなくて、誤魔化《ごまか》すようにチョコレートを口《くち》に運《はこ》んだ。

「たしかにそうだよなぁ。一年生《いちねんせい》のころの由佳《ゆか》って、そんなに派手《はで》でもなかったんだろ？

むしろ真面目《まじめ》だったって聞《き》いたけど？」

一年生《いちねんせい》のころ違《ちが》うクラスだった久貴《ひさたか》が、不思議《ふしぎ》そうな顔《かお》をしている。

昔《むかし》の私《わたし》を知《し》っているのは、進《すすむ》と和美《かずみ》だけだ。

「そうだよ。由佳《ゆか》ってば成績《せいせき》もよかったの。授業《じゅぎょう》の邪魔《じゃま》をするようなことなんて、絶対《ぜったい》になかったんだから」

「うへぇ。そんなの信《しん》じらんねぇ」

「昔《むかし》の話《はなし》はもういいから」

ムッとして唇《くちびる》を尖《とが》らせながら和美《かずみ》と久貴《ひさたか》を見《み》る。

「担任《たんにん》がダメなやつだからだよ。見《み》ていてイライラするから、ほかの生徒《せいと》に八《や》つ当《あ》たりをしたくなるんだ」

私《わたし》を擁護《ようご》するように言《い》ったのは進《すすむ》だった。

進《すすむ》はグラスに入《はい》ったオレンジジュースを一口《ひとくち》飲《の》んで「担任《たんにん》のせいだと思《おも》う」と、さらに念《ねん》を押《お》した。

「へぇ、そうなんだ？」

和美《かずみ》が視線《しせん》を向《む》けてきたけれど、私《わたし》は肩《かた》をすくめるだけで返事《へんじ》をしなかったのだった。


それから四人《よにん》でゲームをしたりお菓子《かし》やご飯《はん》を食《た》べたりしてダラダラ過《す》ごしていると、

あっという間《ま》に八時《はちじ》が近《ちか》づいてきていた。

「よっし、そろそろ準備《じゅんび》するか」

寝転《ねころ》がって漫画《まんが》を読《よ》んでいた久貴《ひさたか》が勢《いきお》いよく上半身《じょうはんしん》を起《お》こす。

そしてテーブルの上《うえ》に自分《じぶん》のスマホをセッティングした。

進《すすむ》の部屋《へや》ではテレビで動画《どうが》を視聴《しちょう》できるようになっていたけれど、今回《こんかい》の動画《どうが》はクイズになっているようなので、それぞれのスマホで視聴《しちょう》することにしていた。

「解答《かいとう》を間違《まちが》えると配信《はいしん》を切《き》られるとか、結構《けっこう》シビアだよねぇ」

和美《かずみ》が久貴《ひさたか》の隣《となり》で準備《じゅんび》しながら呟《つぶや》く。

「本当《ほんとう》だよね。配信《はいしん》そのものを切《き》るんじゃなくて、正解《せいかい》しなかった視聴者《しちょうしゃ》の配信《はいしん》だけを切《き》ることとなんてできるんだね？」

「本来《ほんらい》ならできねぇだろ。賞金《しょうきん》一〇〇万《まん》とか言《い》ってるし、これたぶん企業《きぎょう》とかが絡《から》んでるんだぜ。だから特別《とくべつ》な演出《えんしゅつ》ができるんだ」

久貴《ひさたか》が自信満々《じしんまんまん》に持論《じろん》を述《の》べる。

私《わたし》もそうかもしれないと、納得《なっとく》していた。

個人《こじん》で賞金《しょうきん》一〇〇万円《まんえん》のゲームを行《おこな》うのは、そんなに簡単《かんたん》なことじゃない。

ASMR《エーエスエムアール》は高性能《こうせいのう》な機材《きざい》だって必要《ひつよう》だろうし、十問《じゅうもん》もあるのなら準備《じゅんび》だってきっと大変《たいへん》だし。

「……なぁ、本当《ほんとう》に視聴《しちょう》するのか？」

みんなが準備《じゅんび》をはじめるなか、進《すすむ》だけがなぜか浮《う》かない顔《かお》をしていた。

スマホも出《だ》していない。

「進《すすむ》、どうしたの？　なんか顔色悪《かおいろわる》いけど」

心配《しんぱい》になって声《こえ》をかける。

「いや、やっぱりこういう得体《えたい》のしれない配信《はいしん》は見《み》ないほうがいいような気《き》がして」

モゴモゴと、口《くち》の中《なか》で言《い》い訳《わけ》をするように言《い》う。

はっきりしない言《い》い方《かた》は進《すすむ》らしくなかった。

「どうしたんだよ進《すすむ》。ただ動画《どうが》の生配信《なまはいしん》を見《み》るだけなのに、なんか変《へん》だぞ？」

「だって……」

進《すすむ》はそう言《い》ったきり黙《だま》り込《こ》んでしまった。

なんとなく重《おも》たい空気《くうき》が、進《すすむ》のまわりにだけ漂《ただよ》っている。

「あ、もう八時《はちじ》になるよ！」

「進《すすむ》、早《はや》く準備《じゅんび》しなよ」

「あ、あぁ」

みんなから急《せ》かされて、進《すすむ》はようやくその気《き》になったみたいだ。

全員《ぜんいん》の視線《しせん》が、準備《じゅんび》されたそれぞれのスマホへ向《む》かう。

画面上《がめんじょう》には配信開始前《はいしんかいしまえ》のカウントダウンが映《うつ》し出《だ》されていた。

「十秒前《じゅうびょうまえ》から！」

久貴《ひさたか》が立《た》ち上《あ》がり、両手《りょうて》をパーにして数《かぞ》えはじめた。

「九《きゅう》！　八《はち》！　七《なな》！　六《ろく》！」

「五《ご》！　四《よん》！　三《さん》！」

「二《に》！　一《いち》！　スタート!!」

全員《ぜんいん》のかけ声《ごえ》が重《かさ》なって、ついに一〇〇万円獲得《まんえんかくとく》のための動画《どうが》がはじまった。

まず画面《がめん》に映《うつ》ったのは誰《だれ》かの腰《こし》あたりだった。

顔《かお》は映《うつ》さずに動画配信《どうがはいしん》するタイプのライブ配信者《はいしんしゃ》みたいだ。

胴《どう》まわりしか映《うつ》っていないしダボッとした分厚《ぶあつ》い服《ふく》を着《き》ているので、女性《じょせい》か男性《だんせい》かはよくわからない。

でも、動画配信者《どうがはいしんしゃ》がどんな人物《じんぶつ》かなんて私《わたし》たちにとっては関係《かんけい》なかった。

興味《きょうみ》があるのは、一〇〇万円《まんえん》をゲットできるゲームだということだけなのだから。

配信者《はいしんしゃ》は、まず視聴者全員《しちょうしゃぜんいん》へ挨拶《あいさつ》をはじめた。

当《あ》たり障《さわ》りのない挨拶《あいさつ》だけれど、ボイスチェンジャーを使《つか》っているようで、性別《せいべつ》の判別《はんべつ》もつかないままだ。

「いいねぇ、こういうの。ワクワクしちゃう」

和美《かずみ》が両手《りょうて》を握《にぎ》りしめて画面《がめん》を食《く》い入《い》るように見《み》つめている。

配信者《はいしんしゃ》が醸《かも》し出《だ》している、ちょっと怖《こわ》いような不思議《ふしぎ》な雰囲気《ふんいき》が好《す》きみたいだ。

私《わたし》も顔《かお》には出《だ》さないけど、緊張《きんちょう》と期待《きたい》で胸《むね》の高鳴《たかな》りを感《かん》じていた。

賞金《しょうきん》一〇〇万円《まんえん》も用意《ようい》できるなんて、この人《ひと》はどんな人《ひと》だろう。

これからどんな問題《もんだい》が出《だ》されるんだろう。

一〇〇万円《まんえん》は絶対《ぜったい》にゲットしてやる！

いろいろな気持《きも》ちがないまぜになって、まるでお祭《まつ》り気分《きぶん》だ。

《それではここで、ゲームのルールをおさらいします》

それは、私《わたし》のスマホに送《おく》られてきた動画《どうが》の説明欄《せつめいらん》に書《か》かれていたものと、まったく同《おな》じものだった。

その一《いち》　音《おと》だけでなにをしているのか当《あ》ててもらいます。
その二《に》　解答《かいとう》はコメント欄《らん》に書《か》き込《こ》んでください。
その三《さん》　間違《まちが》えればそこで配信《はいしん》が切《き》られて続《つづ》きは見《み》られなくなります。
その四《よん》　最後《さいご》までクイズに正解《せいかい》した人《ひと》には賞金《しょうきん》一〇〇万円《まんえん》を贈《おく》ります！

なぜか四番目《よんばんめ》のルールだけ、声高《こえたか》らかに発言《はつげん》する配信者《はいしんしゃ》。

同時《どうじ》に、画面上《がめんじょう》の配信者《はいしんしゃ》の両手《りょうて》が現《あらわ》れた。

黒《くろ》い手袋《てぶくろ》をつけていて、手《て》も見《み》えないようにしているところが厳重《げんじゅう》だ。

その手《て》には一〇〇万円《まんえん》の札束《さつたば》が準備《じゅんび》されていた。

「本当《ほんとう》に一〇〇万円《まんえん》ある！」

画面上《がめんじょう》で配信者《はいしんしゃ》が一万円《いちまんえん》ずつ数《かぞ》えていくのを見《み》て、和美《かずみ》が興奮気味《こうふんぎみ》に声《こえ》を上《あ》げる。

私《わたし》もゴクリとツバを飲《の》み込《こ》んだ。

「これがあれば夏休《なつやす》み中《じゅう》遊《あそ》べるじゃん」

和美《かずみ》が誰《だれ》ともなく呟《つぶや》く。

みんなが同《おな》じ気持《きも》ちだった。

もうすぐ夏休《なつやす》みがやってくる。

そのためにも、このお金《かね》はどうしても欲《ほ》しかった。

「絶対《ぜったい》にこの四人《よにん》の誰《だれ》かが最後《さいご》までたどりつかなきゃ」

画面上《がめんじょう》の現金《げんきん》を見《み》て、私《わたし》もすっかり本気《ほんき》モードだ。

そんななか、進《すすむ》だけが集中《しゅうちゅう》できていない様子《ようす》で画面《がめん》から視線《しせん》をそらしている。

「ちょっと進《すすむ》、もうすぐクイズがはじまるんだから真剣《しんけん》になってよ」

横腹《よこばら》をつついて注意《ちゅうい》すると、ようやくスマホ画面《がめん》に視線《しせん》を向《む》けた。

「オレ、イヤホンつけて聞《き》くことにする」

久貴《ひさたか》が学生《がくせい》カバンから普段《ふだん》使《つか》っているワイヤレスイヤホンを取《と》り出《だ》して、セッティングしはじめた。

みんな本気《ほんき》だ。

《ここで細《こま》かなルールも説明《せつめい》します。一問《いちもん》につき、書《か》き込《こ》むときの制限時間《せいげんじかん》は一分《いっぷん》とさせていただきます。コメント欄《らん》には書《か》き込《こ》んだときの時間《じかん》が表示《ひょうじ》されるので、それを見《み》て判断《はんだん》します》

一問《いちもん》につき一分《いっぷん》。

考《かんが》える猶予《ゆうよ》はあまりないということだ。

《また、音《おと》が流《なが》れる時間《じかん》は十秒間《じゅうびょうかん》とします》

十秒《じゅうびょう》聞《き》いて、一分《いっぷん》以内《いない》に解答《かいとう》する。

結構《けっこう》難《むずか》しいクイズになりそうだ。

だけど一〇〇万円《まんえん》ももらえるのなら、これくらいシビアなのも頷《うなず》けることだった。

《ちなみに、ただいまの視聴人数《しちょうにんずう》は一万人《いちまんにん》を超《こ》えています》

「まじかよ、そんなに!?」

久貴《ひさたか》が驚《おどろ》いて声《こえ》を上《あ》げる。
生配信開始早々《なまはいしんかいしそうそう》に一万人《いちまんにん》も集《あつ》まってくるということは、かなりの人気配信者《にんきはいしんしゃ》ということになる。

《それでは、最初《さいしょ》はテスト問題《もんだい》から行《い》ってみましょう！　ここで答《こた》えを間違《まちが》えても脱落《だつらく》はしません！》

配信者《はいしんしゃ》が元気《げんき》よく告《つ》げたあと、動画内《どうがない》は静《しず》かになった。
部屋《へや》の中《なか》もとても静《しず》かで、四人分《よにんぶん》の呼吸音《こきゅうおん》しか聞《き》こえてこない。
心臓《しんぞう》の音《おと》までが聞《き》こえてきそうな静寂《せいじゃく》がおりてくる。
そんななか、配信者《はいしんしゃ》が画面《がめん》の外《そと》で手《て》を動《うご》かすのが見《み》えた。
パチッパチッと軽《かる》い音《おと》が聞《き》こえてくる。
どこかで聞《き》いたことのあるような音《おと》だ。
火《ひ》にくべた木《き》が弾《はじ》けるような、だけどもっと雑音《ざつおん》のないパチッという音《おと》。
どこで聞《き》いたんだっけ？
考《かんが》えている間《あいだ》に、音《おと》はすでに止《と》まっていた。
「今《いま》の音聞《おとき》いたことがあるけど、思《おも》い出《だ》せない感《かん》じ」

「わたしも由佳《ゆか》と同《おな》じ。どっかで聞《き》いたことあるんだけどなぁ」

二人《ふたり》とも首《くび》をかしげるなか、進《すすむ》が「囲碁《いご》とか、将棋《しょうぎ》を差《さ》す音《おと》に似《に》てなかったか？」と声《こえ》を上《あ》げた。

「おお、それだ！　将棋《しょうぎ》の音《おと》だ！」

一人《ひとり》だけイヤホンをつけて聞《き》いていた久貴《ひさたか》が、大《おお》きな声《こえ》で言《い》った。

将棋《しょうぎ》はやったことはないけれど、十代《じゅうだい》の若《わか》い棋士《きし》が有名《ゆうめい》になったことでテレビで何度《なんど》も見《み》たことがある。

それで聞《き》いたことがあったみたいだ。

「それじゃ、全員《ぜんいん》の解答《かいとう》は将棋《しょうぎ》を指《さ》している音《おと》でいい？」

「あぁ。ここは満場一致《まんじょういっち》で大丈夫《だいじょうぶ》だと思《おも》う」

私《わたし》の質問《しつもん》に進《すすむ》が自信満々《じしんまんまん》に答《こた》えたことにより、それぞれが自分《じぶん》のスマホからコメント欄《らん》に解答《かいとう》を書《か》き込《こ》んでいく。

ほかの人《ひと》のコメントも見《み》られるようになっているけれど、そのほとんどが将棋《しょうぎ》という解答《かいとう》になっていた。

囲碁《いご》や指《ゆび》を鳴《な》らす音《おと》というものも混《ま》ざっている。

そして解答時間《かいとうじかん》の一分間《いっぷんかん》は、あっという間《ま》に締《し》め切《き》られてしまった。

「これで不正解《ふせいかい》だったら進《すすむ》のせいだからね」

和美《かずみ》がそう言《い》って笑《わら》った。

冗談《じょうだん》のようだけれど、表情《ひょうじょう》からは本気《ほんき》が伝《つた》わってくる。

「だ、大丈夫《だいじょうぶ》だって」

進《すすむ》が引《ひ》きつった笑顔《えがお》で答《こた》えたとき、画面《がめん》が動《うご》いた。

カメラそのものを少《すこ》し右《みぎ》へ移動《いどう》させている。

そこに映《うつ》ったのは、テーブルの上《うえ》に置《お》かれている碁盤《ごばん》だった。

手袋《てぶくろ》をした手《て》で将棋《しょうぎ》の駒《こま》を持《も》ち、パチッと音《おと》を立《た》てて指《さ》す。

《正解《せいかい》は将棋《しょうぎ》を指《さ》す音《おと》でした！》

ボイスチェンジャーで変換《へんかん》された配信者《はいしんしゃ》が声高《こわだか》に答《こた》えを告《つ》げる。

「よっしゃ！」

久貴《ひさたか》が解答《かいとう》を聞《き》いた瞬間《しゅんかん》、ガッツポーズをして喜《よろこ》んだ。

ひとまず全員《ぜんいん》が正解《せいかい》で、クイズのやり方《かた》も理解《りかい》できた。

《テスト問題《もんだい》は結構《けっこう》難《むずか》しかったですかね？　今《いま》ので一〇〇人《にん》近《ちか》くの方《かた》が不正解《ふせいかい》でした。

《もちろんテスト問題《もんだい》なので脱落《だつらく》はありませんが、意外《いがい》ですねぇ》

「テスト問題《もんだい》で一〇〇人間違《にんまちが》えたって！　これなら楽勝《らくしょう》じゃん！」

和美《かずみ》はうれしそうに手《て》を叩《たた》く。

だけど、これからが本番《ほんばん》だ。

音《おと》だけでなにをしているのか当《あ》てるのは、そんなに簡単《かんたん》なことじゃない。

難易度《なんいど》が上《あ》がれば、自分《じぶん》たちだって生《い》き残《のこ》れる可能性《かのうせい》は低《ひく》くなっていく。

本当《ほんとう》に賞金《しょうきん》一〇〇万円《まんえん》を手《て》に入《い》れたいのなら、油断大敵《ゆだんたいてき》だ。

《それでは本番《ほんばん》に入《はい》ります！　第一問目《だいいちもんめ》に参《まい》りましょう！》

配信者《はいしんしゃ》の声《こえ》に私《わたし》たちの表情《ひょうじょう》が真剣《しんけん》なものに代《か》わり、私語《しご》が消《き》える。

次《つぎ》に聞《き》こえてきた音《おと》は水音《みずおと》だった。

水道《すいどう》からチョロチョロと流《なが》れ出《で》ているような、涼《すず》しげな音《おと》が聞《き》こえてくる。

私《わたし》は音《おと》をもっとよく聞《き》くために、スマホに耳《みみ》を近《ちか》づけて目《め》を閉《と》じた。

頭《あたま》の中《なか》に浮《う》かんでくるのは、やはり水《みず》を流《なが》している光景《こうけい》だった。

水《みず》がシンクへ向《む》かって落《お》ちていっているのではないだろうか。

そう思《おも》ったとき、今度《こんど》はカチャカチャとなにかが触《ふ》れ合《あ》うような音《おと》が聞《き》こえてきた。

続《つづ》いてキュッキュッとゴム靴《ぐつ》で廊下《ろうか》を歩《ある》くような音《おと》。

「これって洗《あら》い物《もの》をしている音《おと》じゃないかな？」

最初《さいしょ》に言《い》ったのは和美《かずみ》だった。

水音《みずおと》と、カチャカチャと食器《しょっき》が触《ふ》れ合《あ》う音《おと》。

そして最後《さいご》のキュッキュという音《おと》は、きれいに磨《みが》き上《あ》げられているときの音《おと》だ。

「そうかもしれないね」

私《わたし》は目《め》を開《あ》けて頷《うなず》いた。

すべての音《おと》を合《あ》わせて考《かんが》えると、食器《しょっき》を洗《あら》う音《おと》で間違《まちが》いなさそうだ。

「それじゃ、今回《こんかい》も満場一致《まんじょういっち》で食器《しょっき》を洗《あら》う音《おと》でいいかな？」

進《すすむ》が私《わたし》たち三人《さんにん》へ向《む》けて聞《き》く。

私《わたし》たちは同時《どうじ》に頷《うなず》いた。


《さて、今回《こんかい》の音《おと》はなんだったでしょうか？》

解答時間《かいとうじかん》は一分間《いっぷんかん》。

だけどすでに解答《かいとう》は決《き》まっているので、今度《こんど》は焦《あせ》らなかった。

みんなで解答《かいとう》をコメント欄《らん》に書《か》いていくと、ほかの参加者《さんかしゃ》も同《おな》じようなコメントが多《おお》いことがわかった。

「これってさ、一分間《いっぷんかん》っていう制限時間《せいげんじかん》がないと、どんどんカンニングできちゃうね」

和美《かずみ》が画面《がめん》を見《み》ながら笑《わら》って言《い》う。

一分間《いっぷんかん》という解答《かいとう》の制限時間《せいげんじかん》は短《みじか》くてシビアだと思《おも》っていたけれど、そういう理由《りゆう》も含《ふく》めてなのかもしれない。

《はい、そこまで！》

解答時間《かいとうじかん》が打《う》ち切《き》られてから、配信者《はいしんしゃ》がコメント欄《らん》を確認《かくにん》していく。

《解答《かいとう》コメントは食器《しょっき》を洗《あら》う音《おと》っていうのが多《おお》いですね。正解《せいかい》はぁ……！》

じらした言《い》い方《かた》をしたあと、画面《がめん》が配信者《はいしんしゃ》の手元《てもと》を映《うつ》した。

そこには銀色《ぎんいろ》の大《おお》きなシンクと、泡《あわ》がついた食器《しょっき》が置《お》かれている。

「よっしゃ！　正解《せいかい》！」

久貴《ひさたか》がまたもガッツポーズをして喜《よろこ》ぶ。

私《わたし》も自然《しぜん》と笑顔《えがお》になった。

《はい、食器《しょっき》を洗《あら》う音《おと》が正解《せいかい》でしたぁ！　あれれ？　もしかして本番《ほんばん》のほうが簡単《かんたん》でした？　今回《こんかい》の脱落者《だつらくしゃ》は五十人《ごじゅうにん》くらいですねぇ。ここで脱落《だつらく》した人《ひと》は残念《ざんねん》！　配信《はいしん》を切《き》ら

せてもらいます！》

そう伝《つた》えてから、また少し間《ま》が開《あ》いた。

きっと、不正解者《ふせいかいしゃ》の回線《かいせん》を切《き》っているのだろう。

ごそごそと動《うご》く音《おと》だけが聞《き》こえてくる。

「この調子《ちょうし》でいけば、結構《けっこう》な人数《にんずう》が最後《さいご》まで残《のこ》るんじゃない？」

和美《かずみ》がお菓子《かし》に手《て》を伸《の》ばして言《い》う。

「そうだねぇ。何十人《なんじゅうにん》も残《のこ》りそうかも」

「そうなると賞金《しょうきん》ってどうなるんだろう？　一〇〇万円《まんえん》を山分《やまわ》けとか？」

和美《かずみ》の言葉《ことば》に久貴《ひさたか》が「げぇ」と声《こえ》を上《あ》げた。

「それじゃ大《たい》した金《かね》になんねぇじゃん。一人頭《ひとりあたま》一〇〇万《まん》じゃないと意味《いみ》ないっつーの！」

「それなら、やっぱり途中《とちゅう》から難《むずか》しくなっていくんじゃないか？」

進《すすむ》は首《くび》をかしげつつも話《はなし》に参加《さんか》してくる。

最初《さいしょ》一万人《いちまんにん》からはじまっているらしいから、最後《さいご》の一人《ひとり》になるまでにはまだまだ時間《じかん》がかかりそうだ。

「っていうかさ、さっき映《うつ》ったシンクって家《いえ》のキッチンって感《かん》じじゃなかったね」

ふと思《おも》い出《だ》したように和美《かずみ》が言《い》った。

「そうだね。もっと大《おお》きなシンクだった」

私《わたし》もそんなふうに感《かん》じていたので頷《うなず》いた。

「たぶん、今回《こんかい》のために場所《ばしょ》を借《か》りて撮影《さつえい》してるんだろ。普通《ふつう》に家《いえ》でやってたら雑音《ざつおん》だって入《はい》るだろうし」

進《すすむ》が冷静《れいせい》に判断《はんだん》している。

「そっかぁ。もしも家《いえ》の中《なか》でやってたら、これから出題《しゅつだい》されるものに目星《めぼし》がつくと思《おも》ったんだけどなぁ」

和美《かずみ》は残念《ざんねん》そうに肩《かた》を落《お》とした。

身近《みぢか》にあるもので音《おと》を出《だ》していたとすれば、ある程度《ていど》の推測《すいそく》が可能《かのう》だ。だけど、わざわざお店《みせ》や工場《こうじょう》なんかを借《か》りて大《おお》がかりなことをしているとなれば、話《はなし》は別《べつ》だった。

「一〇〇万円《まんえん》がもらえるんだ、そんな簡単《かんたん》なことはやらねぇよ」

久貴《ひさたか》は呆《あき》れ顔《がお》だ。

「でも、この調子《ちょうし》でいけば、この中《なか》の誰《だれ》かが一〇〇万円《まんえん》をもらってもおかしくないよね？

まだ誰《だれ》も脱落《だつらく》してないんだから」

和美《かずみ》は、すでに賞金《しょうきん》を手《て》に入《い》れたかのようにうれしそうだ。

「はいはい。ほら、ちゃんと動画《どうが》を見《み》てないと次《つぎ》の問題《もんだい》がはじまるぞ」

久貴《ひさたか》に言《い》われて、私《わたし》たちはまた画面《がめん》に視線《しせん》を戻《もど》した。

《はい、では続《つづ》いて第二問目《だいにもんめ》です！》

配信者《はいしんしゃ》がそう言《い》ったあと、キュッキュッと音《おと》が聞《き》こえてきた。

その音《おと》は、さっき食器《しょっき》を洗《あら》った最後《さいご》に聞《き》いた音《おと》とは少《すこ》し違《ちが》う。

もっと大《おお》きな音《おと》だ。

なんだろう？

首《くび》をかしげながら耳《みみ》を傾《かたむ》けたとき、**バンッ！**と大《おお》きな音《おと》がして思《おも》わず画面《がめん》から身《み》を遠《とお》ざけた。

今《いま》の大《おお》きな音《おと》で、ロッカーを勢《いきお》いよく閉《し》めたときの光景《こうけい》を思《おも》い出《だ》した。

だけど私《わたし》の脳内《のうない》に流《なが》れる映像《えいぞう》は、それだけでは止《と》まらなかった。

ロッカーを閉《し》める音《おと》。

そして中《なか》から聞《き》こえてくる、すすり泣《な》きの声《こえ》。

私《わたし》はそれを無視《むし》して教室《きょうしつ》から出《で》たんだ。

あのあとどうなったのかは知《し》らないけれど、なんのお咎《とが》めもなかったので、相手《あいて》は私《わたし》に怯《おび》えて口《くち》を閉《と》ざしたに違《ちが》いない。

だから私《わたし》も、あのときの出来事《できごと》はまだ誰《だれ》にも言《い》っていなかった。

そこまで思《おも》い出《だ》した私《わたし》は、左右《さゆう》に首《くび》を振《ふ》ってその光景《こうけい》をかき消《け》した。

今《いま》は目《め》の前《まえ》の問題《もんだい》に集中《しゅうちゅう》する。

「い、今《いま》のって学校《がっこう》のロッカーを強《つよ》く閉《し》めたときの音《おと》に似《に》てない？」

私《わたし》は感《かん》じたことをそのまま口《くち》に出《だ》した。

「そうだね、似《に》てるかも」

和美《かずみ》もうんうんと頷《うなず》いて同意《どうい》している。

「じゃあ、最初《さいしょ》のキュッキュッっていうこすれるような音《おと》はなんだ？」

「あれはゴム靴《ぐつ》で歩《ある》く音《おと》に似《に》てた」

久貴《ひさたか》の質問《しつもん》に答《こた》えたのは進《すすむ》だ。

全員《ぜんいん》の頭《あたま》の中《なか》に上履《うわば》きで廊下《ろうか》を歩《ある》くシーンと、ロッカーを閉《し》める手《て》の映像《えいぞう》が流《なが》れた。

学生《がくせい》だからこそ、容易《ようい》に想像《そうぞう》できる光景《こうけい》だった。

だけど実際《じっさい》は違《ちが》うかも知《し》れない。

そこまで単純《たんじゅん》な問題《もんだい》ではないかもしれない。

「ほかに、なにか似《に》た音《おと》ってあるか？」

久貴《ひさたか》の問《と》いかけには、誰《だれ》もが黙《だま》り込《こ》んで答《こた》えることができなかった。

自分《じぶん》たちは学生《がくせい》だから上履《うわば》きで廊下《ろうか》を歩《ある》いている音《おと》や、ロッカーを強《つよ》く締《し》めたときの音《おと》だと感《かん》じたけれど、大人《おとな》だったらまた別《べつ》の意見《いけん》かもしれない。

「考《かんが》えてる時間《じかん》はもうほとんどない。とにかくなにか書《か》き込《こ》まないと」

解答時間《かいとうじかん》は刻一刻《こくいっこく》と過《す》ぎていき、残《のこ》り三十秒《さんじゅうびょう》ほどしかない。

これだと書《か》き込《こ》むだけの時間《じかん》しか残《のこ》されていない。

そう考《かんが》えた私《わたし》たちは、最初《さいしょ》に感《かん》じた解答《かいとう》を書《か》き込《こ》むしかなかった。

誰《だれ》か一人《ひとり》でも別《べつ》の解答《かいとう》を用意《ようい》しておいて、その人《ひと》が生《い》き残《のこ》ってくれればいいと思《おも》っていたけれど、そんな準備《じゅんび》をする時間《じかん》もない。

「あ〜あ、やっぱり賞金《しょうきん》一〇〇万円《まんえん》のクイズはそんなに簡単《かんたん》じゃなかったかぁ」

解答《かいとう》を終《お》えてから盛大《せいだい》なため息《いき》が出《で》てしまった。

「まだ不正解《ふせいかい》って決《き》まったわけじゃないんだから」

横《よこ》から和美《かずみ》がなだめるように言《い》うけれど、和美《かずみ》の表情《ひょうじょう》も浮《う》かない様子《ようす》だ。

ここで自分《じぶん》は脱落《だつらく》してしまったと思《おも》っているのは、私《わたし》と同《おな》じだ。

「でも、ほかに答《こた》えがあるとは思《おも》えねぇよなぁ」

久貴《ひさたか》も珍《めずら》しく難《むずか》しそうな表情《ひょうじょう》で腕組《うでぐ》みをしている。

コメント欄《らん》を確認《かくにん》してみると、参加者《さんかしゃ》のほとんどが解答《かいとう》していないことにも気《き》がついた。

やっぱり、それくらい難《むずか》しい問題《もんだい》だったということなんだろう。

答《こた》えることができたのだから、よしとしたほうがいいのかもしれない。

《はい、それでは解答《かいとう》を締《し》め切《き》ります！　あれれ～？　今回《こんかい》はやけに解答《かいとう》が少《すく》ないですね？　わからなかった人《ひと》が多《おお》いのでしょうかぁ？》

配信者《はいしんしゃ》はコメント覧《らん》を確認《かくにん》して残念《ざんねん》そうな声《こえ》を出《だ》す。

《そんなに難《むずか》しい問題《もんだい》でしたかねぇ？　それでは、答《こた》え合《あ》わせといきましょうか！》

配信者《はいしんしゃ》が元気《げんき》よくそう言《い》ったあと、カメラを持《も》って移動《いどう》をはじめた。

画面《がめん》に映《うつ》ったのは、リノリウムの床《ゆか》と上履《うわば》きだ。

「嘘《うそ》！」

うれしそうな声《こえ》を上《あ》げたのは和美《かずみ》だ。

だけどまだ解答《かいとう》はわからない。

私《わたし》たち四人《よにん》は、大《おお》きく目《め》を見開《みひら》いて動画《どうが》に釘《くぎ》づけになった。

配信者《はいしんしゃ》は上履《うわば》きを履《は》くと、床《ゆか》の上《うえ》で足踏《あしぶ》みをはじめた。

そのときに、キュッキュッと廊下《ろうか》を歩《ある》いているときのような音《おと》が聞《き》こえてくる。

続《つづ》いて画面《がめん》は灰色《はいいろ》のロッカーを映《うつ》し出《だ》した。

配信者《はいしんしゃ》は手《て》を伸《の》ばして、ロッカーのドアを勢《いきお》いよく閉《し》める。

バンッ！と不快《ふかい》な音《おと》が聞《き》こえてきて、私《わたし》は顔《かお》をしかめた。

《はい！　ということで上履《うわば》きで廊下《ろうか》を歩《ある》く音《おと》とロッカーを閉《し》める音《おと》でしたぁ！》

配信者《はいしんしゃ》は楽《たの》しげに拍手《はくしゅ》をする。

その間《あいだ》にコメント覧《らん》には、

【わかるわけないだろ！】

【今《いま》のは卑怯《ひきょう》だよね】

というマイナスなコメントが次々《つぎつぎ》と寄《よ》せられてくる。

《みなさま、不正解《ふせいかい》だったからってこちらを責《せ》めるのはやめてくださいねぇ？　残念《ざんねん》ながら、今《いま》の問題《もんだい》で半数以上《はんすういじょう》が脱落《だつらく》となります！》

配信者《はいしんしゃ》が機材《きざい》を操作《そうさ》して、不正解者《ふせいかいしゃ》への配信《はいしん》を切《き》っていく。

私《わたし》たちへの配信《はいしん》はそのまま続《つづ》けられていて、ホッと胸《むね》をなでおろした。

「なんだったんだろうな、今《いま》の問題《もんだい》」

進《すすむ》が苦笑《にがわら》いを浮《う》かべて呟《つぶや》いた。

「レベルが上《あ》がってるってことでしょう？　普通《ふつう》、あんなのわかるわけないって」

「だよね。上履《うわば》きで廊下《ろうか》を歩《ある》く音《おと》とロッカーを閉《し》める音《おと》。二《ふた》つとも正解《せいかい》しないとダメなんて聞《き》いてないし」

私《わたし》も和美《かずみ》も同《おな》じように顔《かお》をしかめた。

「ま、とりあえず正解《せいかい》したんだからいいじゃねぇか」

すでに気持《きも》ちを切《き》り替《か》えているのは、久貴一人《ひさたかひとり》だけだ。

ようやく半数以上《はんすういじょう》がふるい落《お》とされて、いよいよ本番《ほんばん》という感《かん》じだからだろう。

目《め》がギラギラと輝《かがや》いて、まるで獲物《えもの》を狙《ねら》うハンターみたいになっている。

「第一問目《だいいちもんめ》のときに見《み》たシンクといい、なんか学校《がっこう》で撮影《さつえい》してる感《かん》じがしない？」

そう言《い》ったのは和美《かずみ》だった。

学校《がっこう》の家庭科室《かていかしつ》や理科室《りかしつ》には、大《おお》きめのシンクが備《そな》えつけられている。

それに第二問目《だいにもんめ》の上履《うわば》きやロッカーも、たしかに学校《がっこう》を彷彿《ほうふつ》とさせるものだった。

「それなら学生《がくせい》である俺《おれ》たちが有利《ゆうり》ってことだな」

進《すすむ》がニヤリと笑《わら》って言《い》った。

「これからも学校内《がっこうない》にあるものを使《つか》ってクイズが出《で》るとすれば、社会人《しゃかいじん》よりも俺《おれ》たちのほうが答《こた》えやすい」

「たしかにそうかも」

私《わたし》は頷《うなず》いて言《い》った。

もうすでに半数以下《はんすういか》に減《へ》っているし、学校《がっこう》が舞台《ぶたい》となっているなら断然生《だんぜんい》き残《のこ》る可能性《かのうせい》が高《たか》くなる。

これは、もしかすると、もしかするかもしれない。

私《わたし》はゴクリと唾《つば》を飲《の》み込《こ》んで画面《がめん》を見《み》つめた。

今《いま》、配信者《はいしんしゃ》は次《つぎ》のクイズの準備《じゅんび》をしているようで、画面《がめん》に映《うつ》り込《こ》みがないように黒《くろ》い布《ぬの》がかけられている。

解答《かいとう》がバレないように徹底《てってい》しているのがわかった。

第三《だいさん》、第四問目《だいよんもんめ》

しばらく待《ま》っていると五分《ごふん》ほどで準備《じゅんび》が整《ととの》ったようで、画面《がめん》がまた明《あか》るくなった。

《はい、おまたせしましたぁ！　では続《つづ》いて第三問目《だいさんもんめ》です！》

配信者《はいしんしゃ》の声《こえ》に自然《しぜん》と背筋《せすじ》が伸《の》びる。

音《おと》を聞《き》き逃《のが》さないように、四人全員《よにんぜんいん》が無言《むごん》になる。

普段《ふだん》の授業中《じゅぎょうちゅう》では考《かんが》えられないほど静《しず》かな空間《くうかん》になる。

そのまま待《ま》っていると、画面《がめん》からかすかな音《おと》が聞《き》こえてきた。

それはちゃんと耳《みみ》を澄《す》まさないと聞《き》こえてこないほど小《ちい》さな音《おと》で、最初《さいしょ》に気《き》がついたのはイヤホンをつけて視聴《しちょう》している久貴《ひさたか》だった。

「これ、チョークで黒板《こくばん》に文字《もじ》を書《か》くときの音《おと》じゃないか」

微《かす》かに聞《き》こえてくるカッカッという音《おと》は、たしかに聞《き》き馴染《なじ》みのある音《おと》だった。

「本当《ほんとう》だ。そんな感《かん》じがするね」

和美《かずみ》が何度《なんど》も頷《うなず》く。

「やっぱり配信者《はいしんしゃ》は、どこかの学校《がっこう》で動画《どうが》を撮《と》ってるみたいだな」

進《すすむ》も今回《こんかい》の解答《かいとう》は同意見《どういけん》みたいだ。

音《おと》が鳴《な》りやんで配信者《はいしんしゃ》の声《こえ》が聞《き》こえてくる。

《はい、今回《こんかい》は簡単《かんたん》だったかなぁ？》

解答欄《かいとうらん》には、すでに【黒板《こくばん》にチョークで文字《もじ》を書《か》く音《おと》】という言葉《ことば》が多《おお》く書《か》き込《こ》まれていた。

私《わたし》たちは、それぞれに解答《かいとう》を書《か》き込《こ》んでいく。

「最初《さいしょ》の将棋《しょうぎ》の音《おと》だけ、学校内《がっこうない》では聞《き》き馴染《なじ》みがない音《おと》だったね」

私《わたし》の言葉《ことば》に進《すすむ》が左右《さゆう》に首《くび》を振《ふ》った。

「俺《おれ》たちにとっては聞《き》き馴染《なじ》みがないけれど、将棋部《しょうぎぶ》の生徒《せいと》たちからすれば日常的《にちじょうてき》に聞《き》いてる音《おと》だろ」

「そういえば、そういう部活《ぶかつ》もあるんだっけ」

部活動《ぶかつどう》に興味《きょうみ》のない私《わたし》たちは、何部《なにぶ》が存在《そんざい》しているかもいまいち把握《はあく》していなかった。

「全校《ぜんこう》にある部活《ぶかつ》じゃないけど、たしかうちの中学《ちゅうがく》にはあったと思《おも》うけど」

「もしかしてこの動画《どうが》、わたしたちの中学《ちゅうがく》で撮《と》られてるんじゃないよね？」

冗談半分《じょうだんはんぶん》に言《い》ったのは和美《かずみ》だ。

「もしそうだとしたら、今学校《いまがっこう》に行《い》けば配信者《はいしんしゃ》に会《あ》えるってことだよな。それってなんかすげーよな」

久貴《ひさたか》も楽《たの》しそうにしている。

生配信《なまはいしん》を開始《かいし》してすぐに一万人《いちまんにん》が集《あつ》まるインフルエンサーが、私《わたし》たちの通《かよ》う学校《がっこう》にいるかもしれない。

その妄想《もうそう》は私《わたし》たちの心《こころ》をくすぐった。

だけど現実的《げんじつてき》に考《かんが》えれば、その可能性《かのうせい》はとても低《ひく》い。

そもそも、本当《ほんとう》に学校《がっこう》を使《つか》って配信《はいしん》しているのかどうかもわからない。

将棋部《しょうぎぶ》がある学校《がっこう》だって、珍《めずら》しくはないのだから。

話《はなし》が盛《も》り上《あ》がりかけたところで、解答時間《かいとうじかん》が終《お》わりを告《つ》げた。

《はい、そこまでで〜す！　正解《せいかい》は黒板《こくばん》にチョークで文字《もじ》を書《か》く音《おと》でした！　おや、今回《こんかい》は結構《けっこう》な人数《にんずう》が残《のこ》っていますね。うぅ〜ん、やっぱり問題《もんだい》を出《だ》す順番《じゅんばん》を間違《まちが》えたでしょうかぁ？》

配信者《はいしんしゃ》が苦笑《にがわら》いを浮《う》かべる様子《ようす》が脳裏《のうり》に想像《そうぞう》できた。

配信者《はいしんしゃ》は**「失敗失敗《しっぱいしっぱい》」**と呟《つぶや》きながら、不正解者《ふせいかいしゃ》への配信《はいしん》を切《き》っていく。

《次《つぎ》の問題《もんだい》も、もしかしたら簡単《かんたん》かもしれません》

「おいおい、しっかりふるい落《お》としてくれないと、賞金《しょうきん》がゲットできねぇだろ！」

久貴《ひさたか》が画面《がめん》へ向《む》けて唾《つば》を吐《は》く仕草《しぐさ》をする。

文句《もんく》を言《い》いつつも動画視聴《どうがしちょう》をやめる気《き》はないようで、視線《しせん》はしっかりと配信者《はいしんしゃ》を見《み》つめている。

「また学校《がっこう》に関係《かんけい》ある問題《もんだい》かな？」

「さぁ？　でも学校《がっこう》が舞台《ぶたい》なら、結構《けっこう》いろいろな音《おと》が出《だ》せるよな。それこそ、音楽室《おんがくしつ》に行《い》けば楽器《がっき》だってあるんだし」

私《わたし》の質問《しつもん》に進《すすむ》が答《こた》える。

その様子《ようす》を和美《かずみ》が微笑《ほほえ》ましそうに見《み》つめる。

《では次《つぎ》の準備《じゅんび》が整《ととの》いましたぁ！　第四問目《だいよんもんめ》です》

画面《がめん》から声《こえ》が聞《き》こえてきて、私《わたし》たちは私語《しご》をやめた。

これだけ集中《しゅうちゅう》して相手《あいて》の話《はなし》を聞《き》いている私《わたし》たちを、学校《がっこう》で見《み》ることはほとんどない。

呼吸音《こきゅうおん》すらうるさく感《かん》じられるような静寂《せいじゃく》の中《なか》、パラパラとなにかがめくられる音《おと》が聞《き》こえてきた。

この音《おと》も第三問目《だいさんもんめ》のときと同《おな》じで、しっかり耳《みみ》を澄《す》まさないと聞《き》き取《と》ることができないくらい小《ちい》さな音《おと》だ。

私《わたし》は眉間《みけん》にシワを寄《よ》せてスマホに耳《みみ》を近《ちか》づけた。

パラパラというその音《おと》は、紙《かみ》をめくっている音《おと》のように聞《き》こえてくる。

配信者《はいしんしゃ》は次《つぎ》の問題《もんだい》も簡単《かんたん》かもしれないと言《い》っていたし、きっと本《ほん》をめくっている音《おと》なんだろう。

そう気《き》がついたとき、音《おと》は消《き》えた。

「今《いま》のは読書《どくしょ》する音《おと》でしょ」

和美《かずみ》が自信満々《じしんまんまん》に言《い》う。

「たぶんそうだろ」

久貴《ひさたか》も同意見《どういけん》みたいだ。

そんななか、私《わたし》は一人《ひとり》だけ首《くび》をかしげた。

たしかに本《ほん》をめくる音《おと》だと思《おも》ったけれど、普通《ふつう》の本《ほん》だとすれば少《すこ》し違《ちが》う気《き》がしたのだ。

「進《すすむ》、なにか本貸《ほんか》して。実際《じっさい》にやってみるから」

私《わたし》が言《い》うと、進《すすむ》は本棚《ほんだな》にある文庫本《ぶんこぼん》を一冊《いっさつ》手渡《てわた》してくれた。

それをペラペラと自分《じぶん》の手《て》でめくっていく。

「やっぱり違《ちが》う気《き》がする。文庫本《ぶんこぼん》だとサイズが小《ちい》さいから、あんまり紙《かみ》をめくるような音《おと》は出《で》ないんだよね」

「そう言《い》われればそうかも」

私《わたし》の手元《てもと》でめくられていく本《ほん》はあまり音《おと》を立《た》てず、おとなしい。

時折《ときおり》、紙同士《かみどうし》が擦《す》れ合《あ》う音《おと》が聞《き》こえてくるくらいだった。

動画内《どうがない》で聞《き》いた音《おと》は、どちらかというと大《おお》きめの本《ほん》、雑誌《ざっし》や教科書《きょうかしょ》をめくる音《おと》に近《ちか》かった気《き》がする。

そうしている間《あいだ》にも時間《じかん》はどんどん過《す》ぎていく。

一分間《いっぷんかん》という解答時間《かいとうじかん》に焦《あせ》りの色《いろ》が見《み》えはじめた。

「舞台《ぶたい》が学校《がっこう》だとすれば、教科書《きょうかしょ》をめくる音《おと》かもしれない」

発言《はつげん》したのは進《すすむ》だ。

教科書《きょうかしょ》なら雑誌《ざっし》サイズの大《おお》きなものもあるし、めくったときにペラペラと音《おと》が鳴《な》るものもある。

「じゃあ、それで！」

もう時間《じかん》がない。

私《わたし》たちは今出《いまだ》した答《こた》えを、慌《あわ》ててコメント覧《らん》に書《か》き込《こ》んでいく。

その数秒後《すうびょうご》に**《はい、そこまでー！》**と、配信者《はいしんしゃ》から解答《かいとう》のストップがかかった。

どうにか全員滑《ぜんいんすべ》り込《こ》みで解答《かいとう》を書《か》き込《こ》むことができて、ホッと胸《むね》をなでおろす。

私《わたし》と和美《かずみ》は目《め》を見かわせて苦笑《くしょう》し合《あ》った。

思《おも》ったよりも白熱《はくねつ》してきているので、これから先《さき》も面白《おもしろ》くなっていくかもしれないと期《き》待《たい》が膨《ふく》らむ。

《今回《こんかい》はほとんどが本《ほん》をめくる音《おと》、という解答《かいとう》になっていますね！　でもごく一部《いちぶ》の人《ひと》たちが教科書《きょうかしょ》をめくる音《おと》と書《か》かれています。本《ほん》をさらに詳細《しょうさい》に分析《ぶんせき》してくれたんですね、ありがとうございます！　さて、問題《もんだい》はこれが正解《せいかい》かどうかですねぇ》

配信者《はいしんしゃ》が自分《じぶん》たちの解答《かいとう》を口《くち》に出《だ》したとき、緊張《きんちょう》で心臓《しんぞう》がドクンッと跳《は》ねた。

私《わたし》はまた唾《つば》を飲《の》み込《こ》んで画面《がめん》を見《み》つめる。

カメラが移動《いどう》して配信者《はいしんしゃ》の手元《てもと》を移《うつ》す。

《第四問目《だいよんもんめ》の正解《せいかい》は……こちら!!》

横《よこ》からサッと画面内《がめんない》へ入《はい》り込《こ》んできたのは、大《おお》きめの教科書《きょうかしょ》だった。

配信者《はいしんしゃ》はそれをゆっくりとめくって音《おと》を出《だ》していく。

ペラペラと、さっき聞《き》いたばかりの音《おと》が画《が》面《めん》から聞《き》こえてきて、私《わたし》は思《おも》わず歓声《かんせい》を上《あ》げた。

「やった！　当《あ》たってた！」

「すげーな由佳《ゆか》！　本当《ほんとう》に教科書《きょうかしょ》だったな！」

「由佳最高《ゆかさいこう》！」

和美《かずみ》と久貴《ひさたか》がハイタッチして喜《よろこ》ぶなか、進《すすむ》は真剣《しんけん》な表情《ひょうじょう》で画面《がめん》を見《み》つめている。

「どうしたんだよ進《すすむ》。もっと喜《よろこ》べよ」

久貴《ひさたか》に肩《かた》を叩《たた》かれて進《すすむ》は笑《わら》うけど、「今《いま》の

でかなりの人数《にんずう》が配信《はいしん》を切《き》られたみたいだ」とスマホ画面《がめん》を指差《ゆびさ》して伝《つた》えた。

画面《がめん》を確認《かくにん》してみると、残《のこ》っているのはあと一〇〇人程度《にんていど》だということがわかった。

「嘘《うそ》、いつの間《ま》にこんなに少《すく》なくなったの？」

「さっき、俺《おれ》たちは解答《かいとう》で教科書《きょうかしょ》をめくる音《おと》って書《か》いた。きっと詳細《しょうさい》まで書《か》いて正解《せいかい》した人《ひと》だけが残《のこ》されたんだろうな」

私《わたし》の問《と》いかけに進《すすむ》は早口《はやくち》で答《こた》えた。

「残《のこ》り一〇〇人《にん》か」

久貴《ひさたか》が舌《した》なめずりをした。

一〇〇万円《まんえん》が、すぐ目《め》の前《まえ》まで迫《せま》ってきているような感覚《かんかく》だ。

「だけど同《おな》じ解答《かいとう》をした人《ひと》が一〇〇人《にん》もいたってことだよね？　やっぱり手強《てごわ》いんじゃないかな？」

和美《かずみ》の現実的《げんじつてき》な意見《いけん》に、久貴《ひさたか》は顔《かお》をしかめた。

「その一〇〇人《にん》の中《なか》に俺《おれ》たちもいるんだ。もっと自信持《じしんも》てよ」

「そうだけどさ……」

「それより、ちょっと気《き》になることがあるんだけど」

三人《さんにん》の会話《かいわ》を遮《さえぎ》るように私《わたし》は言《い》った。

「どうした？」

進《すすむ》が視線《しせん》を向《む》けてくる。

「ここまで四問《よんもん》の問題《もんだい》を解答《かいとう》してきたけど、私《わたし》ら四人《よにん》は誰《だれ》も脱落《だつらく》してないよね？　それって偶然《ぐうぜん》なのかな？」

その問《と》いかけに、ほかの三人《さんにん》は目《め》を見《み》かわせた。

「わたしたちは解答《かいとう》を合《あ》わせてるから、同《おな》じように勝《か》ち残《のこ》るのは普通《ふつう》でしょう？」

和美《かずみ》は当然《とうぜん》だという様子《ようす》で首《くび》をかしげた。

「それはそうなんだけど……。例《たと》えば今《いま》の答《こた》えだと、配信者《はいしんしゃ》が私《わたし》たちに有利《ゆうり》になるようにほかの人《ひと》をふるい落《お》としたように見《み》えない？」

私《わたし》の言葉《ことば》に和美《かずみ》は呆然《ぼうぜん》として黙《だま》り込《こ》んでしまった。

だけど、たしかにさっき配信者《はいしんしゃ》は詳細《しょうさい》まで記入《きにゅう》した人《ひと》だけを残《のこ》して、ほかの人《ひと》たちを脱落《だつらく》させた。

でもそれが私《わたし》たちに有利《ゆうり》に働《はたら》いたなんて、考《かんが》えもしなかったことだったみたいだ。

「それで俺《おれ》たちに有利《ゆうり》になったって言《い》うなら、残《のこ》った一〇〇人全員《にんぜんいん》が有利《ゆうり》になったと思《おも》ってるってことだろ」

進《すすむ》が左右《さゆう》に首《くび》を振《ふ》って説明《せつめい》した。

「だけどさ、私《わたし》たちは学生《がくせい》で今《いま》までの音《おと》もほとんど聞《き》き馴染《なじ》みがあったし、それに……」

そこまで言《い》って私《わたし》は言葉《ことば》を切《き》った。

第二問目《だいにもんめ》の問題《もんだい》を思《おも》い出《だ》す。

あのときの解答《かいとう》は上履《うわば》きで廊下《ろうか》を歩《ある》く音《おと》と、ロッカーを閉《し》める音《おと》だった。

そのときに思《おも》い出《だ》してしまった光景《こうけい》が、今《いま》でも脳裏《のうり》に焼《や》きついて離《はな》れない。

何度《なんど》頭《あたま》の中《なか》から振《ふ》り払《はら》っても、どうしてあんな問題《もんだい》が出《だ》されたのか疑問《ぎもん》が拭《ぬぐ》いきれなかった。

「ねぇ、やっぱりなにかおかしいと思《おも》わない？　問題《もんだい》の内容《ないよう》とかさぁ」

「そんなに心配《しんぱい》なら、次《つぎ》の問題《もんだい》で不正解《ふせいかい》になったらいいんじゃねぇか？」

提案《ていあん》したのは久貴《ひさたか》だった。

だけど私《わたし》は黙《だま》り込《こ》んでしまった。

なにか不審《ふしん》さを感《かん》じてはいるものの、一〇〇万円《まんえん》のクイズから降《お》りるのは嫌《いや》だ。

そんなせめぎ合《あ》いがあった。

「なにか気《き》になることがあるなら、次《つぎ》の解答《かいとう》で別々《べつべつ》に答《こた》えてみる？」

考《かんが》え込《こ》んでしまった私《わたし》に和美《かずみ》が言《い》う。

「さっきの問題《もんだい》みたいに教科書《きょうかしょ》をめくる音《おと》っていう解答《かいとう》なら、詳細《しょうさい》を書《か》く組《くみ》とアバウトに書《か》く組《くみ》に分《わ》かれて試《ため》してみてもいいよな。本当《ほんとう》にオレたちが有利《ゆうり》になってるなら、四人《よにん》全員《ぜんいん》が正解《せいかい》できるはずだ」

「うん……そうだね。そうしてみたいかも」

久貴《ひさたか》からの提案《ていあん》に今度《こんど》は頷《うなず》いた。

これなら自《みずか》らクイズに脱落《だつらく》する必要《ひつよう》はなく、確認《かくにん》することができる。

「よし、じゃあそういうことにしよう」

気《き》を取《と》り直《なお》すように進《すすむ》が言《い》ったときだった。

次《つぎ》のクイズの準備《じゅんび》をしていた配信者《はいしんしゃ》が《**わっ**》と声《こえ》を上《あ》げたので、全員《ぜんいん》がスマホに視線《しせん》を向《む》けた。

画面上《がめんじょう》に白《しろ》いテーブルが映《うつ》し出《だ》されていた。

テーブルの隅《すみ》には小《ちい》さな相合《あいあ》い傘《がさ》が描《か》かれていて、傘《かさ》には【ゆか】【かずみ】と名前《なまえ》がある。

それはほんの一瞬《いっしゅん》映《うつ》り込《こ》んだ落書《らくが》きだったけれど、私《わたし》たち四人《よにん》の目《め》にしっかりと映《うつ》っていた。

「今《いま》の！」

思《おも》わず叫《さけ》んでしまった。

私《わたし》と和美《かずみ》は大《おお》きく目《め》を見開《みひら》いて顔《かお》を見合《みあ》わせる。

「今《いま》の落書《らくが》きって、わたしと由佳《ゆか》が家庭科室《かていかしつ》に書《か》いたやつだよね？」

和美《かずみ》の言葉《ことば》に私《わたし》は何度《なんど》も頷《うなず》いた。

背中《せなか》に妙《みょう》な汗《あせ》が流《なが》れて、呼吸《こきゅう》が荒《あら》くなるのがわかる。

配信者《はいしんしゃ》は、どこかの学校《がっこう》にいる。

それはもしかしたら、自分《じぶん》たちの中学《ちゅうがく》かもしれないのだ。

「まじかよ。今学校《いまがっこう》に行《い》けばこの配信者《はいしんしゃ》に会《あ》えるってことか？」

久貴《ひさたか》も目《め》を輝《かがや》かせて興奮《こうふん》している。

「きっと、そうだよ！」

「待《ま》てよ。あれくらいの落書《らくが》き、どこの学校《がっこう》にだってあるだろ」

進《すすむ》が全員《ぜんいん》を落《お》ちつかせるように言《い》う。

だけど私《わたし》と和美《かずみ》は同時《どうじ》に首《くび》を振《ふ》った。

「あれは間違《まちが》いなく私《わたし》と和美《かずみ》の文字《もじ》だったよ。昨日《きのう》の家庭科《かていか》の授業中《じゅぎょうちゅう》に書《か》いたんだから、間違《まちが》いない」

似《に》たような落書《らくが》きは全国《ぜんこく》にあるだろうけれど、昨日自分《きのうじぶん》たちが書《か》いたものを見間違《みまちが》えるとは思《おも》えなかった。

そう思《おも》っている間《あいだ》にイヤホンを外《はず》した久貴《ひさたか》が立《た》ち上《あ》がっていた。

「それなら直接《ちょくせつ》行《い》って確《たし》かめてみるか」

「クイズはどうするんだよ」

進《すすむ》がそう言《い》ったタイミングで、**《ごめんなさい。機材《きざい》を倒《たお》してしまったので動作確認《どうさかくにん》のため一時間《いちじかん》ほど休憩《きゅうけい》を挟《はさ》みます。第五問目《だいごもんめ》は休憩《きゅうけい》のあと、準備《じゅんび》が整《ととの》い次第開始《しだいかいし》します》**

と、配信者《はいしんしゃ》の申《もう》し訳《わけ》なさそうな声《こえ》が聞《き》こえてきた。

画面《がめん》を見《み》ると、コメント欄《らん》には批判的《ひはんてき》な言葉《ことば》がどんどん書《か》き込《こ》まれていく。

【ふざけんなよ】

【休憩ってなに？】

【このあと予定あるんだけど！】

みんな、一時間《いちじかん》も待《ま》たされることが不服《ふふく》そうだ。

《うぅ～ん、あ、そうだ！　それならもう一《ひと》つ問題《もんだい》を出《だ》しましょう。音当《おとあ》てクイズではありません。問題《もんだい》は、私《わたし》の正体《しょうたい》は誰《だれ》でしょう⁉　正解者《せいかいしゃ》には、さらに一〇〇万円《まんえん》プレゼントします！》

「賞金《しょうきん》を上乗《うわの》せ⁉」

自分《じぶん》の声《こえ》が裏返《うらがえ》る。

ほかのメンバーも目《め》を丸《まる》くしてスマホ画面《がめん》を見《み》つめている。

「いや、さすがに嘘《うそ》でしょ」

和美《かずみ》が眉間《みけん》にシワを寄《よ》せて呟《つぶや》く。

だけど立《た》ち上《あ》がったままの久貴《ひさたか》は目《め》を輝《かがや》かせて、「一時間《いちじかん》もあるし、本当《ほんとう》かどうか今《いま》から学校《がっこう》に乗《の》り込《こ》んでみりゃわかるだろ！」と興奮《こうふん》した様子《ようす》で言《い》った。

そして、まわりが止《と》めるのを待《ま》たずに部屋《へや》を飛《と》び出《だ》してしまったのだ。

「ちょっと、追《お》いかけたほうがいいんじゃない？」

和美《かずみ》が久貴《ひさたか》の出《で》ていったドアを見《み》つめて言《い》う。

「そうだね。追《お》いかけよう」

私《わたし》は早口《はやくち》にそう言《い》うと、久貴《ひさたか》を追《お》いかけて部屋《へや》を飛《と》び出《だ》したのだった。

夜《よる》の学校《がっこう》へ

進《すすむ》のマンションから出《で》ると、久貴《ひさたか》が待《ま》っていた。

「なんだ、ここにいたんだ」

てっきり先《さき》に学校《がっこう》へ行《い》ってしまったと思《おも》っていたので、安堵《あんど》して息《いき》を吐《は》き出《だ》す。

「一応《いちおう》待《ま》っててやったんだろ」

と、久貴《ひさたか》は相変《あいか》わらず偉《えら》そうだ。

「とにかく、学校《がっこう》には行《い》ってみようよ。誰《だれ》が配信《はいしん》しているのか私《わたし》も気《き》になるから」

私《わたし》の脳裏《のうり》には、まだあのロッカーを閉《し》める乱暴《らんぼう》な音《おと》が聞《き》こえてきていた。

配信者《はいしんしゃ》はどうしてあんなクイズを出《だ》したのか、それが知《し》りたい。

学校《がっこう》で偶然《ぐうぜん》見《み》つけたからロッカーを使《つか》ってみたというのなら、それでよかった。

とにかく、話《はなし》を聞《き》いて安心《あんしん》したかった。

「ワクワクするなぁ！」

私《わたし》の気《き》なんて知《し》らずに久貴《ひさたか》が興奮《こうふん》して大《おお》きな声《こえ》を出《だ》す。

「もう夜《よる》なんだから、おとなしくてしててよね？」

和美《かずみ》が久貴《ひさたか》へ向《む》けて小声《こごえ》で言《い》いながら、私《わたし》たちはようやく夜《よる》の学校《がっこう》へ向《む》けて歩《ある》き出《だ》したのだった。


夜《よる》の学校《がっこう》は、遠目《とおめ》から見《み》るだけでも異様《いよう》な雰囲気《ふんいき》だった。

灰色《はいいろ》の校舎《こうしゃ》は闇《やみ》に沈《しず》み込《こ》み、窓《まど》からは明《あ》かりが少《すこ》しも見《み》えてこない。

静《しず》まり返《かえ》った空間《くうかん》に、私《わたし》たちは思《おも》わず足《あし》を止《と》めていた。

「夜《よる》の学校《がっこう》って初《はじ》めて来《き》た」

後《うし》ろについてきていた和美《かずみ》が、体《からだ》を抱《だ》きしめるようにして両腕《りょううで》をさする。

気温《きおん》は低《ひく》くないのになぜだか肌寒《はださむ》さを感《かん》じるのは、幼《おさな》いころから学校《がっこう》の怖《こわ》い話《はなし》をよく聞《き》いてきたからだろうか。

「今《いま》の時間《じかん》だとトイレの花子《はなこ》さんとか、テケテケとかいるかもしれないね」

「ちょっと、やめてよ由佳《ゆか》」

わざと怖《こわ》がらせると和美《かずみ》は本当《ほんとう》に身震《みぶる》いしている。

そういう私《わたし》も、ここまで来《き》たもののなんだか怖《こわ》くなってきて、さっきから足《あし》が前《まえ》に進《すす》まない。

「配信者《はいしんしゃ》がいるはずなのに、電気《でんき》がついてないな」

それに気《き》がついたのは進《すすむ》だった。

校舎内《こうしゃない》はどこも電気《でんき》が消《き》えていて、真《ま》っ暗《くら》な闇《やみ》が広《ひろ》がっている。

これからあの暗闇《くらやみ》の中《なか》へ入《はい》っていくのだと思《おも》うと、さすがに怖《こわ》い。

「もしかしたらオレたちがここに来《き》たことに気《き》がついて、電気《でんき》を消《け》したのかもしれねぇな」

久貴《ひさたか》が、きっとそうに違《ちが》いないという確信《かくしん》を持《も》って答《こた》えた。

私《わたし》たち四人《よにん》がここに来《き》ているのは自分《じぶん》たちしか知《し》らない事実《じじつ》だから、きっと配信者《はいしんしゃ》は次《つぎ》の問題《もんだい》の準備《じゅんび》で電気《でんき》を消《け》したんだろう。

「で、どうするの？　入《はい》るの？」

そう質問《しつもん》しながらも、和美《かずみ》の顔《かお》には〝もう帰《かえ》りたい〟と書《か》いてある。

「もちろん、入《はい》る」

簡潔《かんけつ》に答《こた》えた久貴《ひさたか》が校舎《こうしゃ》へ向《む》けて歩《ある》き出《だ》す。

そのあとを進《すすむ》と私《わたし》がついていく。

危《あや》うく取《と》り残《のこ》されそうになった和美《かずみ》が、慌《あわ》てて三人《さんにん》のあとを追《お》いかけた。

校舎《こうしゃ》へ入《はい》るのも怖《こわ》いけれど、一人《ひとり》で校門《こうもん》に取《と》り残《のこ》されるのはもっと怖《こわ》い。

閉《し》められている門《もん》の前《まえ》まで来《く》ると、久貴《ひさたか》は簡単《かんたん》にそれをよじ登《のぼ》って中《なか》へと進《すす》んでいく。

「後《うし》ろから押《お》すから、乗《の》り越《こ》えて」

進《すすむ》が私《わたし》の背中《せなか》を押《お》して門《もん》を乗《の》り越《こ》える手伝《てつだ》いをする。

そのあと和美《かずみ》もどうにか門《もん》を乗《の》り越《こ》えることができた。

最後《さいご》に進《すすむ》が自力《じりき》でよじ登《のぼ》って、四人《よにん》で門《もん》の内側《うちがわ》へと侵入《しんにゅう》することができた。

「でも、どこから入《はい》るんだ？　施錠《せじょう》されてるだろ？」

先頭《せんとう》を歩《ある》く久貴《ひさたか》へ向《む》けて進《すすむ》が声《こえ》をかける。

「そ、そうだよ。きっと校舎内《こうしゃない》には入《はい》れないよ」

和美《かずみ》の声《こえ》は恐怖《きょうふ》でかすかに震《ふる》えていた。

さっきから、風《かぜ》が吹《ふ》いて木々《きぎ》を揺《ゆ》らすだけでも敏感《びんかん》に反応《はんのう》している。

「配信者《はいしんしゃ》が入《はい》ってるんだから、どこかから入《はい》れるはずだ」

久貴《ひさたか》はそう言《い》うと、次々《つぎつぎ》と窓《まど》に手《て》を伸《の》ばして開《ひら》くかどうかを確認《かくにん》している。

だけど、どのドアもちゃんと鍵《かぎ》がかかっていてびくともしない。

「や、やっぱり中《なか》には入《はい》れないよ。帰《かえ》ろうよ」

和美《かずみ》が、か細《ぼそ》い声《こえ》を上《あ》げたときだった。

保健室《ほけんしつ》の大《おお》きな窓《まど》を確認《かくにん》していた進《すすむ》が、「あっ」と小《ちい》さく声《こえ》を上《あ》げた。

視線《しせん》を向《む》けると、その窓《まど》だけ施錠《せじょう》されていなかったようで開《あ》いていたのだ。

「ナイス、進《すすむ》！」

久貴《ひさたか》が喜《よろこ》んで駆《か》け寄《よ》っていく。

「きっと配信者《はいしんしゃ》もここから入《はい》ったんだな。昼間《ひるま》のうちに鍵《かぎ》を開《あ》けておいたんだろう」

進《すすむ》が推測《すいそく》している間《あいだ》に、久貴《ひさたか》は校舎《こうしゃ》へと入《はい》り込《こ》んでしまった。

続《つづ》いて進《すすむ》も窓《まど》から校舎《こうしゃ》へ入《はい》っていく。

「和美《かずみ》はここで待《ま》ってる？」

私《わたし》は校舎《こうしゃ》へ入《はい》る前《まえ》に振《ふ》り向《む》いてそう声《こえ》をかけた。

暗《くら》がりでわかりづらいけれど、和美《かずみ》がさっきから青《あお》ざめて震《ふる》えていることに気《き》がついていたのだ。

でも、和美《かずみ》は左右《さゆう》に首《くび》を振《ふ》った。

「ここでみんなを待《ま》ってるのなんて無理《むり》」

短《みじか》くそう答《こた》えると、最後《さいご》に窓《まど》から校舎《こうしゃ》へと身《み》を滑《すべ》り込《こ》ませたのだった。


夜《よる》の校舎内《こうしゃない》はとても静《しず》かだった。

とてもここに人《ひと》がいるなんて思《おも》えない。

四人分《よにんぶん》の足音《あしおと》だけが廊下《ろうか》に不気味《ぶきみ》なほど響《ひび》き渡《わた》っている。

和美《かずみ》は私《わたし》の腕《うで》にしっかりとしがみついて、ようやく一歩《いっぽ》ずつ足《あし》を進《すす》めていた。

「まずはどこに行《い》く？」

「家庭科室《かていかしつ》に決《き》まってんだろ」

進《すすむ》からの質問《しつもん》に当然《とうぜん》だといわんばかりに久貴《ひさたか》が答《こた》える。

だけどお目当《めあ》ての教室《きょうしつ》は一階《いっかい》にあり、外《そと》から見《み》る限《かぎ》りでは電気《でんき》がついていなかったはずだ。

本当《ほんとう》にそこに誰《だれ》かがいるのか、わからなかった。

「配信者《はいしんしゃ》がいたら、どうするの？」

和美《かずみ》が震《ふる》える声《こえ》で聞《き》く。

「どんな人《ひと》なのか見《み》てやるんだ。配信者《はいしんしゃ》を当《あ》てればさらに一〇〇万円《まんえん》ゲットなんだからな！」

久貴《ひさたか》は興奮気味《こうふんぎみ》に答《こた》えた。

「有名人《ゆうめいじん》が一人《ひとり》で学校《がっこう》で配信《はいしん》するとは思《おも》えないな。それに、顔《かお》を見《み》ることも簡単《かんたん》じゃないと思《おも》うけど」

進《すすむ》の言葉《ことば》に、久貴《ひさたか》がつまらなそうに唇《くちびる》を尖《とが》らしている。

「ちょっと二人《ふたり》とも、こんなところまで来《き》てケンカはやめてよね」

二人《ふたり》の間《あいだ》に割《わ》って入《はい》る和美《かずみ》の声《こえ》は小《ちい》さく、闇《やみ》へと消《き》えていった。

そして気《き》がつけば、お目当《めあ》ての家庭科室《かていかしつ》が見《み》えてきていた。

外《そと》から見《み》たのと同《おな》じで、電気《でんき》はついていない。

足音《あしおと》を殺《ころ》してドアに近《ちか》づいてみるけれど、中《なか》から人《ひと》の声《こえ》も聞《き》こえてこなかった。

配信者《はいしんしゃ》がここにいるとすれば、声《こえ》くらいは聞《き》こえてきそうなのに。

「ねぇ、きっと誰《だれ》もいないからやめようよ」

和美《かずみ》の言葉《ことば》を無視《むし》して久貴《ひさたか》は勢《いきお》いよくドアを開《ひら》いた。

ガラッというスライドドアの音《おと》がやけに大《おお》きく廊下《ろうか》に響《ひび》いて、和美《かずみ》がビクリと身《み》を震《ふる》わせた。

「なんだ、本当《ほんとう》に誰《だれ》もいねぇのかよ」

チッと舌打《したう》ちする音《おと》が聞《き》こえてきて、和美《かずみ》はホッと息《いき》を吐《は》き出《だ》した。

やっぱり、ここには誰《だれ》もいなかったみたいだ。

久貴《ひさたか》が部屋《へや》の電気《でんき》をつけると、テーブルの上《うえ》に食器《しょっき》が並《なら》べられていた。

近《ちか》づいて確認《かくにん》してみるとまだ水滴《すいてき》がついている。

「これ、配信《はいしん》で使《つか》った食器《しょっき》かも」

「かもじゃなくて、そうに決《き》まってんだろ。配信者《はいしんしゃ》はこの学校《がっこう》にいるんだからよ」

私《わたし》の呟《つぶや》きに久貴《ひさたか》が断定《だんてい》を加《くわ》える。

そして、私《わたし》たち四人《よにん》は一《ひと》つのテーブルに集《あつ》まった。

画面上《がめんじょう》に一瞬《いっしゅん》だけ見《み》えた落書《らくが》き。

それがここにはあるのだ。

【ゆか】【かずみ】

それは間違《まちが》いなく、動画《どうが》で見《み》たあの落書《らくが》きだった。

私《わたし》は自分《じぶん》たちが書《か》いた落書《らくが》きに指《ゆび》を這《は》わせながら、「配信者《はいしんしゃ》はどこに行《い》ったんだろう」と呟《つぶや》く。

ついさっきまで、ここにいたことは確実《かくじつ》だ。

だけど今《いま》はどこにもいない。

音《おと》も聞《き》こえてこない。

校舎《こうしゃ》はさっきから静《しず》かすぎて、キーンと耳鳴《みみな》りが聞《き》こえてくるほどだ。

「き、きっともうクイズを終《お》えて帰《かえ》っちゃったんだよ。わたしたちがここに来《く》るまでに全《ぜん》部《ぶ》終《お》わったんだよ」

「一時間休憩《いちじかんきゅうけい》って言《い》ってたんだ。まだいるに決《き》まってんだろ」

久貴《ひさたか》は和美《かずみ》の言葉《ことば》を一蹴《いっしゅう》して、家庭科室《かていかしつ》から出《で》ていってしまった。

私《わたし》たちは慌《あわ》ててそのあとを追《お》いかける。

「配信者《はいしんしゃ》はきっと場所《ばしょ》を移動《いどう》したんだ。この学校内《がっこうない》のどこかでまだ配信《はいしん》してるはずだ」

久貴《ひさたか》は舌《した》なめずりしながら校舎内《こうしゃない》を探《さが》し歩《ある》く。

相手《あいて》がどんな人物《じんぶつ》なのかわからないのに、恐怖心《きょうふしん》は少《すこ》しも感《かん》じていないみたいだ。

「配信者《はいしんしゃ》がまだ学校《がっこう》にいるとして、どこにいるかわかってるの？」

ずんずんと先《さき》へ進《すす》む久貴《ひさたか》に声《こえ》をかける。

「そんなの、歩《ある》いてりゃ見《み》つかるだろ」

とくにあてはないようで、私《わたし》はため息《いき》をついた。

この調子《ちょうし》じゃ配信者《はいしんしゃ》を見《み》つけることができるか怪《あや》しい。

もっと考《かんが》えてから行動《こうどう》しないと。

そう思《おも》ったときだった。

不意《ふい》に**ポンッ**と小《ちい》さな音《おと》が聞《き》こえてきて、私《わたし》たちは同時《どうじ》に足《あし》を止《と》めていた。

静《しず》かな校舎内《こうしゃない》に異質《いしつ》な音《おと》が、**ポン……ポン……**と聞《き》こえてくる。

和美《かずみ》は緊張《きんちょう》から拳《こぶし》を握《にぎ》りしめていて、ガタガタ身震《みぶる》いしていた。

「ねえ、今《いま》から外《そと》に出《で》ることはできない？」

そんな質問《しつもん》までしてくる。

逃《に》げたいのなら一人《ひとり》で逃《に》げ出《だ》すこともできるはずだけれど、和美《かずみ》の足《あし》は震《ふる》えていて思《おも》うように動《うご》かないみたいだ。

「二階《にかい》からだ！」

久貴《ひさたか》が反応《はんのう》して階段《かいだん》へと駆《か》け出《だ》した。

「ちょっと、待《ま》ってってば！」

進《すすむ》がそのあとを追《お》いかける。

今《いま》の音《おと》は、ピアノの音《おと》によく似《に》ていた。

問題《もんだい》を出題《しゅつだい》するために、場所《ばしょ》を移動《いどう》した可能性《かのうせい》はとても高《たか》い。

さっきまでは足音《あしおと》を立《た》てないよう注意《ちゅうい》していたのに、久貴《ひさたか》はバタバタと階段《かいだん》を駆《か》け上《あ》がる。

「もう少《すこ》し、静《しず》かに！」

後《うし》ろから進《すすむ》が声《こえ》をかけるけれど、まるで聞《き》こえていない。

一気《いっき》に階段《かいだん》を駆《か》け上《あ》がって、音楽室《おんがくしつ》のある最奥《さいおう》へと向《む》かう。

「そんなに足音《あしおと》を立《た》てて歩《ある》いてたら、逃《に》げられるよ？」

私《わたし》の指摘《してき》がようやく耳《みみ》に届《とど》いたときには、すでに久貴《ひさたか》は音楽室《おんがくしつ》の目《め》の前《まえ》にいた。

今《いま》さら足音《あしおと》を忍《しの》ばせても遅《おそ》いと思《おも》ったのか、久貴《ひさたか》はその勢《いきお》いのまま音楽室《おんがくしつ》のドアの前《まえ》に向《む》かった。

そしてドアへ右手《みぎて》を伸《の》ばした、その瞬間《しゅんかん》だった。

突然内側《とつぜんうちがわ》からドアが開《ひら》いたかと思《おも》うと、誰《だれ》かが久貴《ひさたか》の手《て》を掴《つか》んで音楽室《おんがくしつ》へと引《ひ》き込《こ》んだのだった。

「な、なんだよ!?」

突然音楽室《とつぜんおんがくしつ》に引《ひ》き込《こ》まれて短《みじか》く文句《もんく》を言《い》ったものの、次《つぎ》の瞬間《しゅんかん》、久貴《ひさたか》は床《ゆか》に崩《くず》れ落《お》ちていく。

「久貴《ひさたか》？」

廊下《ろうか》にいてなにが起《お》こったのか見《み》えていなかったけれど、音楽室《おんがくしつ》のドアに近《ちか》づいていくと、そこに倒《たお》れている久貴《ひさたか》を発見《はっけん》して息《いき》をのんだ。

その瞬間《しゅんかん》、体型《たいけい》が隠《かく》れるような全身黒《ぜんしんくろ》ずくめの服《ふく》に白《しろ》い狐《きつね》のお面《めん》をつけた人物《じんぶつ》が姿《すがた》を現《あらわ》したのだ。

「え？」

私《わたし》が大《おお》きく目《め》を見開《みひら》いた瞬間《しゅんかん》、スプレーが三人《さんにん》へ向《む》けて噴射《ふんしゃ》された。

息《いき》を吸《す》い込《こ》んだ瞬間《しゅんかん》、強《つよ》い眠気《ねむけ》が襲《おそ》ってきた。

立《た》っていることができなくなって体《からだ》がグラリと揺《ゆ》れる。

壁《かべ》に手《て》をついてどうにか体勢《たいせい》を整《ととの》えようとするけれど、それもうまくいかなかった。

音楽室

ズルズルと座《すわ》り込《こ》んでしまい、眠気《ねむけ》に抗《あらが》うことができない。

どうにか開《ひら》いている目《め》で進《すすむ》と和美《かずみ》のことを確認《かくにん》したけれど、二人《ふたり》とも床《ゆか》に突《つ》っ伏《ぷ》していて、その体《からだ》をお面《めん》をつけた人間《にんげん》が音楽室《おんがくしつ》へと引《ひ》きずり込《こ》んでいくところだった……。

第《だい》五《ご》、六《ろく》、七問目《ななもんめ》

頭《あたま》が重《おも》たくてぼんやりする。

それでも意識《いしき》は徐々《じょじょ》に覚醒《かくせい》していき、ゆっくりと目《め》を開《あ》けた。

霞《かす》む視界《しかい》の中《なか》で天井《てんじょう》を見上《みあ》げると、とても高《たか》く感《かん》じる。

この白《しろ》い天井《てんじょう》は、どこの天井《てんじょう》だろう?

自分《じぶん》の部屋《へや》でも、家《いえ》のリビングでもないようだ。

ふと意識《いしき》が鮮明《せんめい》になりはじめると同時《どうじ》に、鼓動《こどう》が早鐘《はやがね》を打《う》ちはじめた。

柔《やわ》らかな絨毯《じゅうたん》が敷《し》き詰《つ》められた部屋《へや》には見覚《みおぼ》えがある。

ここは学校《がっこう》の音楽室《おんがくしつ》だ。

視界《しかい》の中《なか》に見《み》えるのは、机《つくえ》と奥《おく》のほうには楽器《がっき》が並《なら》んでいる。

一応自分《いちおうじぶん》の知《し》っている場所《ばしょ》にいることに安堵《あんど》したものの、どうしてこんなところで寝《ね》ていたのか思《おも》い出《だ》せない。

体《からだ》は重《おも》たくて、目《め》を閉《と》じればすぐにでもまた眠《ねむ》りについてしまいそうだ。

そんな強《つよ》い眠気《ねむけ》を無理《むり》やり追《お》い払《はら》おうと、両手《りょうて》を持《も》ち上《あ》げようとした。

だけど動《うご》かない。

両手《りょうて》、両足《りょうあし》が縛《しば》られている。

思《おも》わず悲鳴《ひめい》を上《あ》げそうになったけれど、声《こえ》も出《で》ない。

口《くち》にガムテープが貼《は》られているみたいだ。

途端《とたん》に目《め》が覚《さ》めた。

そうだ、私《わたし》たちは自分《じぶん》からここへやってきたんだ。

動画《どうが》の配信者《はいしんしゃ》が自分《じぶん》たちの学校《がっこう》にいるとわかって、配信現場《はいしんげんば》へ行《い》けば賞金《しょうきん》一〇〇万円《まんえん》が手《て》に入《はい》ると思《おも》って来《き》た。

だけど、音楽室《おんがくしつ》に入《はい》る前《まえ》に内側《うちがわ》からドアが開《あ》いてスプレーをかけられた。

そのあとのことは覚《おぼ》えていない。

どうにか首《くび》だけ動《うご》かして周囲《しゅうい》の様子《ようす》を確認《かくにん》してみると、自分以外《じぶんいがい》の三人《さんにん》も床《ゆか》に転《ころ》がされていることがわかった。

全員《ぜんいん》、同《おな》じように手足《てあし》をそれぞれロープで固定《こてい》され、ガムテープで口《くち》を塞《ふさ》がれている。

進《すすむ》と久貴《ひさたか》はすでに目《め》を覚《さ》ましているけれど、和美《かずみ》はまだ目《め》を閉《と》じたままだ。

「うーうー！」

必死《ひっし》に声《こえ》を上《あ》げて和美《かずみ》を起《お》こそうとするけど、うまくいかない。

身《み》をよじりながら近《ちか》づいていこうとしたとき、狐《きつね》のお面《めん》をつけた人物《じんぶつ》が和美《かずみ》に近《ちか》づいていくのが見《み》えた。

配信者《はいしんしゃ》だ！

眠《ねむ》らされる寸前《すんぜん》に見《み》た、狐《きつね》お面《めん》をつけた人間《にんげん》――狐面《きつねめん》を思《おも》い出《だ》す。

狐面《きつねめん》は和美《かずみ》の前《まえ》で立《た》ち止《ど》まると、その頭《あたま》を乱暴《らんぼう》に踏《ふ》みつけた。

「ぐっ」

低《ひく》い声《こえ》を上《あ》げて和美《かずみ》が顔《かお》をしかめて目《め》を開《あ》ける。

「いつまで寝《ね》てんだよ」

狐面《きつねめん》はボイスチェンジャーをお面《めん》の中《なか》に装着《そうちゃく》しているのか、その声《こえ》は動画《どうが》で聞《き》いたときと同《おな》じで、性別《せいべつ》はわからないものだった。

和美《かずみ》が痛《いた》みで身《み》をよじりながら周囲《しゅうい》を確認《かくにん》する。

私《わたし》と目《め》が合《あ》った瞬間《しゅんかん》、その目《め》が大《おお》きく見開《みひら》かれた。

次《つぎ》の瞬間身《しゅんかんみ》をよじって逃《に》げ出《だ》そうと試《こころ》みるけれど、そんなに簡単《かんたん》に外《はず》れるような拘束《こうそく》ではない。

結局《けっきょく》なにもできないまま、時間《じかん》だけが過《す》ぎていく。

狐面《きつねめん》は私《わたし》たち四人全員《よにんぜんいん》が目《め》を覚《さ》ましたことを確認《かくにん》すると、四《よっ》つの椅子《いす》を持《も》ってきた。

最初《さいしょ》に久貴《ひさたか》に近《ちか》づくと、「立《た》て」と命令《めいれい》する。

手足《てあし》を縛《しば》られていても、運動神経《うんどうしんけい》のいい久貴《ひさたか》なら勢《いきお》いをつけて飛《と》び跳《は》ねるように立《た》ち上《あ》がることができる。

そのまま椅子《いす》の一《ひと》つに座《すわ》らされた。

同《おな》じように進《すすむ》も椅子《いす》に座《すわ》らされている。

女子二人《じょしふたり》はさすがに無理《むり》だと判断《はんだん》したのか、狐面《きつねめん》が手《て》を貸《か》してきた。

椅子《いす》に座《すわ》ると、音楽室《おんがくしつ》の様子《ようす》がよく見《み》える。

四人《よにん》の前《まえ》には配信器具《はいしんきぐ》が揃《そろ》っていて、高価《こうか》そうなマイクが使用《しよう》されているのもわかった。

狐面《きつねめん》は配信機材《はいしんきざい》の前《まえ》に移動《いどう》していくと、なにかの準備《じゅんび》をはじめた。

横《よこ》の机《つくえ》の上《うえ》に黒《くろ》くて大《おお》きなカバンを置《お》き、その中《なか》を物色《ぶっしょく》しはじめたのだ。

あの中《なか》にはなにが入《はい》っているんだろう。

ここからでは到底知《とうていし》ることはできなくて、口《くち》を塞《ふさ》がれていて質問《しつもん》すらできない状態《じょうたい》で、心臓《しんぞう》は早鐘《はやがね》を打《う》ちはじめる。

なにか嫌《いや》なことが起《お》きようとしていることだけは事実《じじつ》だ。

狐面《きつねめん》はカバンの中《なか》を確認《かくにん》し終《お》えたのか、こちらへ振《ふ》り向《む》いた。

とっさに視線《しせん》が合《あ》わないようにうつむく。

視線《しせん》が合《あ》えばなにかされるかもしれない。

そんな恐怖心《きょうふしん》が湧《わ》き上《あ》がってくる。

授業中《じゅぎょうちゅう》に先生《せんせい》から指名《しめい》されないために、ジッとうつむいて教科書《きょうかしょ》を見《み》つめているときと同《おな》じ感覚《かんかく》だった。

どうか、自分《じぶん》ではありませんように。

私《わたし》がうつむいている間《あいだ》に、狐面《きつねめん》は進《すすむ》の前《まえ》まで移動《いどう》してきていた。

進《すすむ》がガムテープの下《した》で、なにか言《い》っている。

きっと、『助《たす》けて』とか『やめろ』とかなのだろうけれど、狐面《きつねめん》がその言葉《ことば》を受《う》け取《と》る素振《そぶ》りは見《み》えなかった。

狐面《きつねめん》は椅子《いす》ごと進《すすむ》の体《からだ》を引《ひ》きずるようにして、配信機材《はいしんきざい》へと近《ちか》づけていく。

進《すすむ》が暴《あば》れて椅子《いす》が倒《たお》れそうになる。

それを見《み》た狐面《きつねめん》がため息《いき》を吐《は》き出《だ》す音《おと》が、こちらまで聞《き》こえてきた。

狐面《きつねめん》はカバンの中《なか》から四角《しかく》い機械《きかい》を取《と》り出《だ》すと、その場《ば》でスイッチを入《い》れてみせた。

――**バチバチッ!!**

機械《きかい》の先端《せんたん》が火花《ひばな》を散《ち》らす。

それは映画《えいが》やドラマでしか見《み》たことのないスタンガンだった。

三人《さんにん》の血《ち》の気《け》がサッと引《ひ》いていく。

進《すすむ》がイヤイヤするように強《つよ》く左右《さゆう》に首《くび》を振《ふ》るけど、狐面《きつねめん》は容赦《ようしゃ》なかった。

スタンガンを進《すすむ》の体《からだ》に押《お》し当《あ》てると、**バチンッ!**と一度大《いちどおお》きな音《おと》を立《た》てたのだ。

その瞬間《しゅんかん》、進《すすむ》の体《からだ》から力《ちから》が抜《ぬ》ける。

頭《あたま》をたれて抵抗《ていこう》しなくなったその姿《すがた》に一瞬《いっしゅん》死《し》んでしまったのかと心配《しんぱい》したけれど、

進《すすむ》はすぐに目《め》を開《ひら》いた。

「では、準備《じゅんび》が整《ととの》いました」

配信者《はいしんしゃ》が画面《がめん》へ向《む》けて告《つ》げる。

「第五問目《だいごもんめ》です！」

狐面《きつねめん》は元気《げんき》よくそう宣言《せんげん》すると、進《すすむ》の前《まえ》にやってきた。

進《すすむ》が大《おお》きく目《め》を見開《みひら》く。

そして次《つぎ》の瞬間《しゅんかん》、その頬《ほお》を**バチンッ**とビンタされていたのだ。

音《おと》だけでもすさまじい威力《いりょく》があることがわかり、背筋《せすじ》が震《ふる》えた。

でも、それだけじゃ終《お》わらなかった。

狐面《きつねめん》は一人《ひとり》ひとりを順番《じゅんばん》にビンタしはじめたのだ。

進《すすむ》だけ機材《きざい》の前《まえ》に移動《いどう》させられたのは、その音《おと》を視聴者《しちょうしゃ》にしっかりと聞《き》かせる目的《もくてき》があったみたいだ。

私《わたし》はもう一度《いちど》逃《に》げようと身《み》をよじったけれど、やっぱりびくともしない。

次《つぎ》の瞬間《しゅんかん》には痛《いた》みが炸裂《さくれつ》していた。

頭《あたま》が真《ま》っ白《しろ》になっているうちにあっという間《ま》に解答時間《かいとうじかん》は終《お》わったようで、狐面《きつねめん》は正解発表《せいかいはっぴょう》をしている。

「はい、正解《せいかい》はビンタしていく音《おと》でした！　誰《だれ》をビンタしたのか？　それはこれから先《さき》のお楽《たの》しみということで、今《いま》は秘密《ひみつ》です。それにしても、第五問目《だいごもんめ》も正解者《せいかいしゃ》が多《おお》いですね！　そうじゃなくちゃ楽《たの》しくありません！　では、続《つづ》いて第六問目《だいろくもんめ》です！」

ケラケラと笑《わら》い声《ごえ》を上《あ》げた狐面《きつねめん》は、すぐに次《つぎ》の準備《じゅんび》にとりかかった。

部屋《へや》の隅《すみ》から持《も》ってきたのは青《あお》いバケツで、中《なか》には水《みず》がたっぷり入《い》れられている。

それでなにをするのかと恐《おそ》れていると、和美《かずみ》の前《まえ》で立《た》ち止《ど》まった。

狐面《きつねめん》は嫌《いや》がる和美《かずみ》の髪《かみ》の毛《け》を掴《つか》んで、強引《ごういん》にバケツの中《なか》に顔《かお》を沈《しず》ませたのだ。

ゴボゴボと鼻《はな》から空気《くうき》が漏《も》れ出《だ》していく音《おと》が聞《き》こえてくる。

狐面《きつねめん》はそれを見《み》て肩《かた》を上下《じょうげ》に震《ふる》わせた。

必死《ひっし》で笑《わら》いを我慢《がまん》しているように見《み》える。

次《つぎ》に私《わたし》の前《まえ》にバケツが置《お》かれて痛《いた》いくらい髪《かみ》の毛《け》を鷲掴《わしづか》みにされると、息《いき》を吸《す》い込《こ》む暇《ひま》もなく水《みず》につけられる。

苦《くる》しさのせいで髪《かみ》を引《ひ》っ張《ぱ》られる痛《いた》みを忘《わす》れるほどだった。

ボコボコ鼻《はな》から空気《くうき》が抜《ぬ》けていき、顔《かお》がカッと熱《ねつ》を持《も》つ。

それでも開放《かいほう》してくれなくて意識《いしき》が遠《とお》のきそうになったとき、ようやく狐面《きつねめん》が手《て》を離《はな》してくれた。

顔《かお》を出《だ》して鼻《はな》から大《おお》きく息《いき》を吸《す》い込《こ》む。

どれだけ呼吸《こきゅう》を繰《く》り返《かえ》しても、苦《くる》しさがいつまでも付《つ》きまとっている感覚《かんかく》がした。

「第六問目終了《だいろくもんめしゅうりょう》です！　これは相当難《そうとうむずか》しかったんじゃないですかぁ？」

狐面《きつねめん》は私《わたし》たちが苦《くる》しめば苦《くる》しむほどに楽《たの》しんでいるようで、その声《こえ》は弾《はず》んでいる。

画面《がめん》に表示《ひょうじ》されている解答《かいとう》を確認《かくにん》して「ふむふむ、なるほどぉ」と、わざとらしく声《こえ》を上《あ》げている。

「今回《こんかい》の脱落者《だつらくしゃ》が一番多《いちばんおお》かったかもしれません！　残《のこ》っているみなさまおめでとうございます！　続《つづ》けて第七問目《だいななもんめ》を出題《しゅつだい》しますね！」

狐面《きつねめん》はカバンの中《なか》から小型《こがた》のナイフを取《と》り出《だ》すと、進《すすむ》へと向《む》き直《なお》った。

進《すすむ》の視界《しかい》にナイフが入《はい》り、目《め》を大《おお》きく見開《みひら》く。

呼吸《こきゅう》は乱《みだ》れて鼓動《こどう》は速《はや》いのに、相手《あいて》に文句《もんく》を言《い》うことすらできない。

椅子《いす》に座《すわ》らされたまま、硬直《こうちょく》してしまう。

ナイフの先端《せんたん》が徐々《じょじょ》に近《ちか》づいてきて、ギラギラと攻撃的《こうげきてき》な光《ひかり》を放《はな》つ。

進《すすむ》がギュッと目《め》を閉《と》じた次《つぎ》の瞬間《しゅんかん》、ナイフが左頬《ひだりほお》を切《き》り裂《さ》いていた。

私《わたし》はとっさに目《め》を閉《と》じて、かすかな悲鳴《ひめい》を漏《も》らした。

そっと目《め》を開《あ》けてみると、進《すすむ》の左頬《ひだりほお》は大《おお》きく切《き》られていた。

「さて、今《いま》の音《おと》はさすがに難《むずか》しいですかねぇ？」

狐面《きつねめん》は、さっきまでとなにも変《か》わらない様子《ようす》で画面《がめん》へ向《む》けて問《と》いかけている。

その横《よこ》で、進《すすむ》はグッタリと頭《あたま》をたれて動《うご》こうとしない。

進《すすむ》、大丈夫《だいじょうぶ》なの!?

そんな声《こえ》をかけたいけれど、かけることもできない。

久貴《ひさたか》と和美《かずみ》も真《ま》っ青《さお》になって小刻《こきざ》みに震《ふる》えるばかりだ。

「はい、一分経過《いっぷんけいか》しましたので、解答《かいとう》を締《し》め切《き》らせていただきます」

狐面《きつねめん》の言葉《ことば》に私《わたし》はハッと息《いき》をのんだ。

こんなことまで配信《はいしん》しているのなら、きっと誰《だれ》かが通報《つうほう》してくれるはずだ。

「第七問目《だいななもんめ》は結構難《けっこうむずか》しかったみたいですねぇ？　肉《にく》を切《き》る音《おと》っていうのが一番近《いちばんちか》いかもしれない。それでは、今回《こんかい》は解答《かいとう》を見《み》てもらいましょう！」

狐面《きつねめん》がカメラを手《て》に持《も》ち進《すすむ》を映《うつ》しはじめた。

カメラは容赦《ようしゃ》なく傷《きず》ついた進《すすむ》の様子《ようす》を配信《はいしん》する。

そのコメント覧《らん》を見《み》ると、

【なぁんだ、そういうことか】

【問題難《もんだいむずか》しすぎ！】

クイズに関《かん》するコメントばかりが流《なが》れていく。

「ちょっとは難《むずか》しい問題《もんだい》にして振《ふ》り落《お》としていかないと、賞金《しょうきん》だってあるんですからぁ」

狐面《きつねめん》はのんびりとした口調《くちょう》で言《い》って、カメラを定位置《ていいち》に戻《もど》した。

「さてさて、次《つぎ》はちょっとお楽《たの》しみタイムといきましょうか」

狐面《きつねめん》はそう言《い》うと、カバンの中《なか》から一枚《いちまい》の紙《かみ》を取《と》り出《だ》した。

それは普通《ふつう》の紙《かみ》よりも分厚《ぶあつ》くしっかりしていて、写真《しゃしん》のようだった。

【お楽《たの》しみタイム！】

【待《ま》ってました！】

湧《わ》き上《あ》がるコメント欄《らん》。

けれど、ここにいる四人《よにん》は、それがどんなものなのか知《し》らされていなかった。

私《わたし》は泣《な》き出《だ》しそうになりながら、狐面《きつねめん》の動向《どうこう》をうかがうことしかできない。

狐面《きつねめん》は取《と》り出《だ》した写真《しゃしん》をカメラへ向《む》ける前《まえ》に、一度《いちど》三人《さんにん》へ向《む》けて掲《かか》げてみせた。

それを見《み》た瞬間《しゅんかん》、私《わたし》は大《おお》きく目《め》を見開《みひら》く。

和美《かずみ》が左右《さゆう》に首《くび》を振《ふ》って必死《ひっし》に止《と》めようとするけど、狐面《きつねめん》には通《つう》じない。

久貴《ひさたか》は怒《おこ》ったように床《ゆか》を踏《ふ》み鳴《な》らす。

「あはは。みんな怒《おこ》ってるみたいですねぇ」

狐面《きつねめん》はそれぞれの反応《はんのう》を楽《たの》しんだあと、再《ふたた》び画面《がめん》へと向《む》き直《なお》った。

やめて、そんなもの配信《はいしん》したら、進《すすむ》が……！

私《わたし》が見《み》たのは合成写真《ごうせいしゃしん》だった。

制服《せいふく》を着《き》ている進《すすむ》が校舎内《こうしゃない》で座《すわ》り込《こ》み、片手《かたて》にタバコを持《も》ち、足元《あしもと》にはお酒《さけ》の缶《かん》が置《お》かれている。

それもかなり上手《じょうず》に、本物《ほんもの》だと勘違《かんちが》いしてしまうほどの出来栄《できば》えだ。

進《すすむ》、起《お》きて!!

心《こころ》の中《なか》で声《こえ》をかけるけれど、進《すすむ》はうつむいたまま顔《かお》を上《あ》げない。

気絶《きぜつ》しているのかもしれない。

すぐに治療《ちりょう》が必要《ひつよう》だし、あんな写真《しゃしん》を生配信《なまはいしん》されたら社会的《しゃかいてき》にも死《し》んでしまう！

狐面《きつねめん》だって、それを承知《しょうち》でやっているはずだ。
「さぁて、今度《こんど》はご視聴《しちょう》のみなさまに見《み》てもらいます！」
やめて!!
心《こころ》の悲鳴《ひめい》は届《とど》かない。
誰《だれ》にも。どこにも。
合成写真《ごうせいしゃしん》はカメラの前《まえ》に移動《いどう》され、コメント覧《らん》が一気《いっき》に湧《わ》き上《あ》がる。
【まじかこいつ】
【制服姿《せいふくすがた》で喫煙《きつえん》と飲酒《いんしゅ》は、まじでヤバい】
【うわぁ！　これは社会的《しゃかいてき》に死《し》んだな】
次々《つぎつぎ》と寄《よ》せられるコメントに狐面《きつねめん》は時折《ときおり》笑《わら》い声《ごえ》を上《あ》げる。
【こいつの住所《じゅうしょ》と名前《なまえ》、中学《ちゅうがく》、特定《とくてい》しまし

た】

【進学《しんがく》や就職《しゅうしょく》は終《お》わったな】

進《すすむ》がゆっくりと顔《かお》を上《あ》げる。

その視線《しせん》がカメラへ向《む》かった。

うつろな目《め》はカメラが自分《じぶん》に向《む》かっていることに気《き》がつき、そして狐面《きつねめん》が持《も》っている写真《しゃしん》にも気《き》がついた。

「あ……」

声《こえ》にならない声《こえ》で呟《つぶや》く進《すすむ》を、私《わたし》は呆然《ぼうぜん》と見《み》つめることしかできなかった。

加担《かたん》する【進《すすむ》side】

痛《いた》みと恐怖《きょうふ》で頭《あたま》は混乱《こんらん》して、もう一度《いちど》意識《いしき》を失《うしな》うことができたら楽《らく》だったかもしれない。

だけど思《おも》い出《だ》してしまった。

思《おも》い出《だ》したくもない出来事《できごと》を——。

それは、二年生《にねんせい》に上《あ》がって一週間《いっしゅうかん》ほど経過《けいか》したときのことだった。

あのころにはすでに由佳《ゆか》がクラスの中心《ちゅうしん》になり、授業《じゅぎょう》にも支障《ししょう》が出《で》る程度《ていど》の騒《さわ》がしさがあった。

『進《すすむ》、今日《きょう》の放課後《ほうかご》空《あ》いてる？』

『空《あ》いてるけど、なに？』

『買《か》い物付《ものつ》き合《あ》ってほしいんだけど』

『あぁ、いいよ』

由佳《ゆか》からの誘《さそ》いを断《ことわ》ることは滅多《めった》になかった。

由佳《ゆか》がクラスのリーダー格《かく》だからということを差《さ》し置《お》いても、俺《おれ》は由佳《ゆか》のことを気《き》に入《い》っていたからだ。

どうしてそんなに由佳《ゆか》に惹《ひ》かれてしまうのか、自分《じぶん》でもよくわからない。

きっと、由佳《ゆか》は自分《じぶん》でも気《き》がついていない間《あいだ》にそれだけの魅力《みりょく》を身《み》につけてきたんだと思《おも》う。

派手《はで》だし目立《めだ》ってるし授業《じゅぎょう》もろくに聞《き》かないし、だけどなんだか放《ほう》っておけない。

そんな危《あや》うさがある子《こ》だった。

由佳《ゆか》と一緒《いっしょ》にいて由佳《ゆか》のことをもう少《すこ》し知《し》りたい。

俺《おれ》はそんなふうに感《かん》じていた。

『ごめん、授業《じゅぎょう》が聞《き》こえないんだけど』

このころの岩上《いわがみ》は、まだ由佳《ゆか》たちに反論《はんろん》してきていた。

『うざ』

由佳《ゆか》が岩上《いわがみ》に視線《しせん》を向《む》けて呟《つぶや》くのを、俺《おれ》は聞《き》いた。

それはただ転校生《てんこうせい》がうざいというのを追《お》い越《こ》したような、心《こころ》の深《ふか》い憎《にく》しみを抱《いだ》いているような一言《ひとこと》だった。

だから、ずっと気《き》になっていたのだ。

由佳《ゆか》と岩上《いわがみ》はなにかあったのではないかと。

だけど実際《じっさい》に由佳《ゆか》にそう質問《しつもん》をしても、『ただうざいだけ。私《わたし》の嫌《きら》いなタイプなんだよね』と答《こた》えるだけだった。

それが本当《ほんとう》かどうか、今《いま》でもわからない。

『岩上《いわがみ》にはもう少《すこ》し現実《げんじつ》を教《おし》えといたほうがいいんじゃない？』

ある日《ひ》の休憩時間《きゅうけいじかん》、面白半分《おもしろはんぶん》で言《い》い出《だ》したのは和美《かずみ》だった。

和美《かずみ》も久貴《ひさたか》も由佳《ゆか》が岩上《いわがみ》のことを疎《うと》ましく感《かん》じていることを知《し》っていたから、それをネタにして遊《あそ》ぼうとしたんだろう。

『現実《げんじつ》を教《おし》えるって？』

メイク雑誌《ざっし》を読《よ》んでいた由佳《ゆか》が顔《かお》を上《あ》げる。

『これから一年間《いちねんかん》クラスメートになるんだもん。好《す》き勝手《かって》されちゃあ、つまんないしさぁ』

『それ、言《い》えてる』

抽象的《ちゅうしょうてき》なことばかり言《い》って、由佳《ゆか》にどうするか決《き》めてもらうつもりなんだろう。

そうすれば、立場《たちば》がまずくなったときにでも『由佳《ゆか》が言《い》い出《だ》した』と逃《に》げることができるからだ。

二人《ふたり》は由佳《ゆか》と一緒《いっしょ》に騒《さわ》いでいるわりに、由佳《ゆか》の後《うし》ろに隠《かく》れたがる。

いわゆる〝虎《とら》の威《い》を借《か》る狐《きつね》〟状態《じょうたい》になることが多《おお》い。

俺《おれ》は普段《ふだん》から、それをあまりよく感《かん》じていなかった。

自分《じぶん》たちだって楽《たの》しんでいるのに、すべてを由佳《ゆか》に押《お》しつけるのはただの卑怯者《ひきょうもの》のやることだ。

『それなら、いい案《あん》がある』

だから、俺《おれ》が一歩前《いっぽまえ》に出《で》たのだ。

『なになに？』

和美《かずみ》の目《め》が好奇心《こうきしん》に満《み》ちて輝《かがや》く。

『これ』

俺《おれ》はスマホを取《と》り出《だ》して、最近《さいきん》ニュースになっている芸能人《げいのうじん》の熱愛記事《ねつあいきじ》を表示《ひょうじ》させた。

『熱愛《ねつあい》？』

久貴《ひさたか》が眉《まゆ》を寄《よ》せて聞《き》いてきた。

『これ、写真《しゃしん》が流出《りゅうしゅつ》してニュースになったんだけど、ただの合成《ごうせい》だって』

『合成《ごうせい》？　これが？』

由佳《ゆか》も興味《きょうみ》を持《も》ったのか、スマホ画面《がめん》をまじまじと見《み》つめている。

そこに写《うつ》っているのは、とても合成《ごうせい》には思《おも》えない、高度《こうど》なテクニックを持《も》って作《つく》られた写真《しゃしん》だった。

もちろん、作《つく》った人間《にんげん》の悪意《あくい》も感《かん》じられる。

『合成《ごうせい》だって気《き》がつかないくらい丁寧《ていねい》に作《つく》り込《こ》まれてるだろ。ここまではできないけど、似《に》たようなことならできる』

『まじで？　合成写真《ごうせいしゃしん》作《つく》れるの？』

由佳《ゆか》が驚《おどろ》いたように俺《おれ》を見《み》る。

その大《おお》きな目《め》で見《み》られると、どうしても頬《ほお》が緩《ゆる》んでしまいそうになり、俺《おれ》は表情《ひょうじょう》を引《ひ》きしめた。

『できるよ。どんな合成写真《ごうせいしゃしん》がいい？』

『もっちろん、岩上《いわがみ》の恥《は》ずかしい写真《しゃしん》でしょ！』

張《は》りきって答《こた》えたのは和美《かずみ》だ。

そう来《く》ると思《おも》っていた。

冗談半分《じょうだんはんぶん》で言《い》ったことだったけれど合成写真《ごうせいしゃしん》は実際《じっさい》に作《つく》られて、それは翌日学校《よくじつがっこう》の掲示板《けいじばん》に貼《は》り出《だ》されることになったのだ。

全裸《ぜんら》でベッドの上《うえ》に座《すわ》り、ピースサインをしている岩上《いわがみ》の写真《しゃしん》。

俺《おれ》が作《つく》ったものだから荒削《あらけず》りだけれど、パッと見《み》れば本物《ほんもの》と間違《まちが》う人《ひと》もいると思《おも》う。

『あの写真見《しゃしんみ》た？』

『見《み》た見《み》た！　あいつやばいじゃん』

『あれって本物《ほんもの》なのかなぁ？』

貼《は》り出《だ》してすぐ、クラス内《ない》では岩上《いわがみ》のことが話題《わだい》にのぼった。

普段《ふだん》はおとなしくてあまり会話《かいわ》に参加《さんか》してこない生徒《せいと》たちですら、一緒《いっしょ》になって盛《も》り上《あ》がった。

これが原因《げんいん》で、岩上《いわがみ》は校長室《こうちょうしつ》へ呼《よ》び出《だ》されて説教《せっきょう》を受《う》けたらしい。

そして、この事件《じけん》をきっかけに岩上《いわがみ》は校内《こうない》で孤立《こりつ》していった。

第八問目《だいはちもんめ》

進《すすむ》の合成写真《ごうせいしゃしん》が生配信《なまはいしん》されて住所《じゅうしょ》とフルネーム、中学《ちゅうがく》を特定《とくてい》されたとき、私《わたし》は必死《ひっし》に体《からだ》を揺《ゆ》すって椅子《いす》の足《あし》を鳴《な》らしていた。

高性能《こうせいのう》なマイクを使《つか》っているから、この音《おと》だって拾《ひろ》っているはずだ。

視聴者《しちょうしゃ》たちがその音《おと》に気《き》がついて通報《つうほう》してくれるかもしれない。

そんな淡《あわ》い期待《きたい》を抱《いだ》いていた。

だけど頬《ほお》を切《き》りつけられて青《あお》ざめた顔《かお》の進《すすむ》が振《ふ》り向《む》き左右《さゆう》に首《くび》を振《ふ》ったことで、それが無意味《むいみ》であることを悟《さと》った。

そもそも警察《けいさつ》に通報《つうほう》してくれるような人《ひと》たちが視聴《しちょう》していたとすれば、とっくに警察《けいさつ》官《かん》が到着《とうちゃく》している時間《じかん》だ。

それが誰《だれ》も来《こ》ない。

つまり、進《すすむ》の頬《ほお》が切《き》られて合成写真《ごうせいしゃしん》が流出《りゅうしゅつ》しても、誰《だれ》も通報《つうほう》しようとしてないということだった。

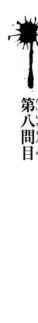

私《わたし》は愕然《がくぜん》として動《うご》きを止《と》めた。
みんな、まだまだこの動画《どうが》を楽《たの》しんでいるんだ。
画面《がめん》の中《なか》で誰《だれ》かが傷《きず》つけられても、知《し》らん顔《かお》で視聴《しちょう》を続《つづ》けているんだ。
中《なか》には〝やらせ〟だと思《おも》っている人だっているかもしれない。
それが恐《おそ》ろしく感《かん》じられた。
同時《どうじ》に、岩上《いわがみ》もそうだったのではないかと思《おも》い至《いた》った。
一《ひと》クラス三十五人《さんじゅうごにん》の生徒《せいと》がいる。
その中《なか》で、ただの一人《ひとり》も岩上《いわがみ》の味方《みかた》をする者《もの》はいなかった。
みんな岩上《いわがみ》を見下《みくだ》し、蔑《さげす》み、笑《わら》っていた。
岩上《いわがみ》はここに転校《てんこう》してきてから今《いま》までずっと、このような状態《じょうたい》が続《つづ》いていたんだ。
そう思《おも》ったけど、私《わたし》は左右《さゆう》に首《くび》を振《ふ》ってその考《かんが》えをかき消《け》していた。
いや違《ちが》う。
たしかに岩上《いわがみ》は孤立《こりつ》していたけれど、今回《こんかい》のこととは大違《おおちが》いだ。
自分《じぶん》にそう思《おも》い込《こ》ませた。
【なんか音《おと》が聞《き》こえてくるな】

【獲物《えもの》はまだいるんだろ？　そいつらが必死《ひっし》になって逃《に》げようとしてんだろうな】

【バーカ。今《いま》さら遅《おそ》いんだよ】

見《み》えているコメント覧《らん》には、そんな書《か》き込《こ》みが溢《あふ》れていた。

視聴者《しちょうしゃ》の中《なか》に自分《じぶん》たちの味方《みかた》は一人《ひとり》もいない。

ここで音《おと》を立《た》てたところで、無意味《むいみ》なことだった。

今《いま》、視聴《しちょう》している人《ひと》たちは全員狐面《ぜんいんきつねめん》の味方《みかた》だ。

そして狐面《きつねめん》の正体《しょうたい》は岩上《いわがみ》で間違《まちが》いない。

それだけわかっているのに、拘束《こうそく》された状態《じょうたい》ではなにもできなかった。

岩上《いわがみ》が準備《じゅんび》しているカバンの中《なか》にはなにが入《はい》っているのかわからないし、下手《へた》に刺激《しげき》しないほうがよさそうだ。

狐面《きつねめん》を被《かぶ》った岩上《いわがみ》が進《すすむ》へ近《ちか》づいたかと思《おも》うと、また椅子《いす》を引《ひ》きずって元《もと》の場所《ばしょ》へと戻《もど》した。

ひとまず、進《すすむ》の番《ばん》は終《お》わったということだろうか。

全員《ぜんいん》が固唾《かたず》をのんで狐面《きつねめん》の動向《どうこう》をうかがう。

それから狐面《きつねめん》は、今度《こんど》は残《のこ》っている三人《さんにん》に近《ちか》づいてきた。

私《わたし》はまた視線《しせん》をそらし、今度《こんど》はギュッときつく目《め》を閉《と》じた。

次《つぎ》に目《め》を開《ひら》いたときには悪夢《あくむ》が覚《さ》めていますように、と心《こころ》の底《そこ》から願《ねが》う。

だけどその願《ねが》いが通《つう》じることはなく、くぐもった悲鳴《ひめい》によって目《め》を開《あ》けた。

狐面《きつねめん》が和美《かずみ》を椅子《いす》ごと引《ひ》きずって移動《いどう》させているのが見《み》えた。

どうやら狐面《きつねめん》が次《つぎ》に選《えら》んだのは和美《かずみ》だったみたいだ。

ホッとすると同時《どうじ》に鼓動《こどう》は速《はや》くなる。

全身《ぜんしん》に嫌《いや》な汗《あせ》が流《なが》れていき、これから起《お》きることに恐怖《きょうふ》を抱《いだ》かずにはいられない。

進《すすむ》へ視線《しせん》を向《む》けてみたけれど、痛《いた》みのせいか目《め》がうつろになっている。

このままでは出血多量《しゅっけつたりょう》で死《し》んでしまう危険性《きけんせい》だってある。

狐面《きつねめん》だってそれをわかっているはずだけれど、対処《たいしょ》する気《き》はなさそうだ。

カメラの前《まえ》まで連《つ》れてこられた和美《かずみ》は、ガムテープの下《した》でずっとうめき声《ごえ》を上《あ》げている。

それだって音《おと》を拾《ひろ》って配信《はいしん》されているはずだけれど、相変《あいか》わらず視聴者《しちょうしゃ》たちはただ動《どう》画《が》を楽《たの》しんでいるばかりだ。

「では第八問目《だいはちもんめ》です！」

狐面《きつねめん》が高《たか》らかに宣言《せんげん》すると、和美《かずみ》が強《つよ》く体《からだ》を震《ふる》わせた。

体《からだ》を左右《さゆう》に揺《ゆ》すって抵抗《ていこう》しようとする和美《かずみ》に、狐面《きつねめん》がスタンガンを見《み》せつける。

あれを体《からだ》に当《あ》てられれば一瞬《いっしゅん》で気絶《きぜつ》して、その間《あいだ》に狐面《きつねめん》は準備《じゅんび》をすすめるはずだ。

和美《かずみ》はおとなしくなり、そのままうなだれてしまった。

狐面《きつねめん》がカバンに手《て》を入《い》れてなにかを探《さぐ》る。

そのほんの数十秒《すうじゅうびょう》の時間《じかん》が、永遠《えいえん》のように長《なが》く感《かん》じられた。

狐面《きつねめん》が取《と》り出《だ》したのは、大《おお》きな剪定《せんてい》バサミだった。

それは購入《こうにゅう》されたばかりの新品《しんぴん》で、まだパッケージに入《はい》っている。

「おっとすみません。これは準備不足《じゅんびぶそく》でした」

狐面《きつねめん》が視聴者《しちょうしゃ》へ向《む》けて謝罪《しゃざい》し、少《すこ》し離《はな》れた場所《ばしょ》でパッケージからハサミを取《と》り出《だ》しはじめた。

和美《かずみ》が助《たす》けを求《もと》めるように私《わたし》のほうを振《ふ》り向《む》く。

助《たす》けに行《い》きたいけれど、狐面《きつねめん》はすぐそばにいる。

少《すこ》しでも不審《ふしん》な動《うご》きをすればバレてしまうだろう。

私《わたし》が躊躇《ちゅうちょ》している間《あいだ》に、狐面《きつねめん》はパッケージから取《と》り出《だ》したハサミを持《も》って戻《もど》ってきてしまった。

ギラリと光《ひか》る刃先《はさき》に和美《かずみ》が青《あお》ざめる。

狐面《きつねめん》は鼻歌《はなうた》まじりに和美《かずみ》へ近《ちか》づいていくと、椅子《いす》の後《うし》ろにまわり込《こ》んだ。

これでは自分《じぶん》がなにをされるのかわからない。

見《み》えないことで恐怖《きょうふ》は倍増《ばいぞう》して、和美《かずみ》がガムテープの下《した》でうめき声《ごえ》を連発《れんぱつ》する。

「ちょっと静《しず》かにしてね。じゃないと音《おと》が拾《ひろ》えないから」

狐面《きつねめん》はそう言《い》うと、ごく当然《とうぜん》のように和美《かずみ》の頬《ほお》を叩《たた》いた。

パチンッと肌《はだ》を打《う》つ音《おと》が響《ひび》き、それはすぐに音楽室《おんがくしつ》の防音《ぼうおん》の壁《かべ》に吸収《きゅうしゅう》されて消《き》えていった。

突然《とつぜん》の痛《いた》みでおとなしくなった和美《かずみ》の後《うし》ろにまわった狐面《きつねめん》は、椅子《いす》の隙間《すきま》からハサミを差《さ》し入《い》れた。

刃《は》と刃《は》の間《あいだ》に和美《かずみ》の左手首《ひだりてくび》が挟《はさ》まる。

和美《かずみ》は刃《は》の冷《つめ》たさを感《かん》じたのか、不意《ふい》に我《われ》に返《かえ》った。

身《み》をよじって抵抗《ていこう》しようとするけれど、すでに遅《おそ》い。

次《つぎ》の瞬間《しゅんかん》には**バチンッ!**と大《おお》きな音《おと》がして、和美《かずみ》の左手《ひだりて》は切《き》り落《お》とされていたのだ。

ボトリと床《ゆか》に落《お》ちる左手《ひだりて》と、真《ま》っ赤《か》な血《ち》。

それらを、私《わたし》は信《しん》じられない思《おも》いで見《み》つめていた。

和美《かずみ》の体《からだ》が大《おお》きく揺《ゆ》れたかと思《おも》うと、そのまま横倒《よこだお》しになって倒《たお》れ込《こ》んだ。

狐面《きつねめん》は、もうそれを元《もと》どおりにしようとはしなかった。

落下《らっか》した和美《かずみ》の左手《ひだりて》を持《も》ってクスクス笑《わら》い、教室前方《きょうしつぜんぽう》に置《お》かれているピアノに近《ちか》づいていく。

そして、切《き》り落《お》とした手《て》を使《つか》ってポンポンと鍵盤《けんばん》を叩《たた》きはじめたのだ。

楽《たの》しそうに、まるで子《こ》どもが遊《あそ》んでいるような調子《ちょうし》でピアノを弾《ひ》く。

【ピアノの音《おと》！】

【でも、その前《まえ》になにか大《おお》きな音《おと》がしたよな？】

【バチンッってしたな。スタンガンか？】

コメント欄《らん》は解答《かいとう》で埋《う》め尽《つ》くされていく。

「はい、そこまでです！」

狐面《きつねめん》がピアノから離《はな》れてカメラを持《も》つ。

「では第八問目《だいはちもんめ》の正解発表《せいかいはっぴょう》のお時間《じかん》です！」

カメラは横倒《よこだお》しに倒《たお》れた和美《かずみ》を映《うつ》し出《だ》す。

そこに生気《せいき》は感《かん》じられず、呼吸《こきゅう》は小《ちい》さくなっている。

【あぁ、手首《てくび》を切断《せつだん》した音《おと》か】

【その手《て》を使《つか》って演奏《えんそう》してたんだ？】

【最高《さいこう》の演出《えんしゅつ》じゃん！】

コメントの中《なか》に、和美《かずみ》の生死《せいし》を心配《しんぱい》する言葉《ことば》は見《み》つけられない。

全員《ぜんいん》これが〝やらせ〟だと思《おも》っているのか、それとも本物《ほんもの》と知《し》りながら笑《わら》っているのか。

誰《だれ》もが傍観者《ぼうかんしゃ》だった。

【この子《こ》の個人情報《こじんじょうほう》も特定《とくてい》したよ】

【教《おし》えて！】

【名前《なまえ》と住所《じゅうしょ》大公開《だいこうかい》！】

和美《かずみ》の個人情報《こじんじょうほう》は容易《たやす》く特定《とくてい》されて晒《さら》されていく。

それを見《み》た狐面《きつねめん》は、またピアノへと戻《もど》っていく。

狂《くる》った音《おと》を奏《かな》ではじめたピアノで、さらに意味《いみ》のない音《おと》を奏《かな》で続《つづ》ける。

「あはっ」

狐面《きつねめん》が適当《てきとう》な演奏《えんそう》を続《つづ》けながら笑《わら》った。

ボイスチェンジャーで変《か》えられた声《こえ》で。

「あははははは！　あははははは!!」

心《こころ》の底《そこ》から楽《たの》しそうな笑《わら》い声《ごえ》だった。

狐面《きつねめん》は動《うご》かなくなった和美《かずみ》の体《からだ》を引《ひ》きずって無理《むり》やり椅子《いす》に座《すわ》らせると、和美《かずみ》の鼻先《はなさき》に顔《かお》を近《ちか》づけて呼吸《こきゅう》を確認《かくにん》した。

そして満足《まんぞく》そうに何度《なんど》か頷《うなず》くと、「ふふっ」と小《ちい》さく笑《わら》ったのだった。

引《ひ》き返《かえ》せない【和美《かずみ》side】

意識《いしき》を失《うしな》う寸前《すんぜん》、なぜか思《おも》い浮《う》かべたのは岩上《いわがみ》のことだった。

岩上《いわがみ》がクラス全員《ぜんいん》から見下《みくだ》されるようになったころ、わたしは面白《おもしろ》い裏SNS《うらエスエヌエス》を見《み》つけてきた。

『ねぇ、これ見《み》てよ、やばくない？』

『なにこれ、裏SNS《うらエスエヌエス》？』

そこでは、普通《ふつう》の検索《けんさく》では引《ひ》っかからないような危《あぶ》ない単語《たんご》が飛《と》びかっているという。

最近《さいきん》では個人《こじん》のDM《ディーエム》に直接《ちょくせつ》やばめのアルバイト募集《ぼしゅう》が届《とど》くようになっているけれど、それとはまた少《すこ》し違《ちが》った。

『これさ、探《さが》し人《びと》とかの個人情報《こじんじょうほう》ばっかりが書《か》かれてるみたいなんだよね』

『へえ、人探《ひとさが》しのSNS《エスエヌエス》なの？』

由佳《ゆか》の質問《しつもん》に、わたしは左右《さゆう》に首《くび》を振《ふ》った。

『表向《おもてむ》きにはそうなってるってだけ。本当《ほんとう》は個人情報《こじんじょうほう》を売買《ばいばい》してる場所《ばしょ》なんだよ』

自慢《じまん》げに言《い》うと、久貴《ひさたか》が興味《きょうみ》を示《しめ》したように前《まえ》のめりになった。

『そんなSNS《エスエヌエス》よく見《み》つけたな』

『へへっ。ここって会員制《かいいんせい》なんだけど、適当《てきとう》にパスワード打《う》ち込《こ》んでたら入《はい》れちゃった』

ペロッと舌《した》を出《だ》すと進《すすむ》が笑《わら》った。

『そんな暇《ひま》があるなら勉強《べんきょう》しろよ』

そして、もっともなツッコミを入《い》れてくる。

それでも会員制《かいいんせい》のSNS《エスエヌエス》に興味《きょうみ》があるようだ。

『で、まぁさっき説明《せつめい》したように個人情報《こじんじょうほう》が売買《ばいばい》されてるんだけど、これでお小遣《こづか》い稼《かせ》ぎができるんじゃないかなぁ？　なぁんて思《おも》ったんだよね』

小声《こごえ》になってクスクスと笑《わら》いながら説明《せつめい》する。

『個人情報《こじんじょうほう》ったって、誰《だれ》の情報《じょうほう》でも買《か》い取《と》ってもらえるわけじゃねぇだろ？』

『それは、そうなんだけどさぁ』

久貴《ひさたか》の質問《しつもん》に、わたしは画面《がめん》をスクロールさせた。

そこには【かわいい子《こ》の個人情報《こじんじょうほう》を売《う》ります！】と書《か》き込《こ》みがされていて、隠《かく》し撮《ど》りしたと思《おも》われる写真《しゃしん》が貼《は》られている。

郵 便 は が き

お手数ですが
切手をおはり
ください。

104-0031

東京都中央区京橋1-3-1
八重洲口大栄ビル7階
スターツ出版(株) 書籍編集部
愛読者アンケート係

(ふりがな) お名前	電話 ( )
ご住所 (〒 -)	
学年 (年) 年齢 (歳) 性別 ( )	
この本(はがきの入っていた本)のタイトルを教えてください。	

今後、新しい本などのご案内やアンケートのお願いをお送りしてもいいですか?
1. はい 2. いいえ

いただいたご意見やイラストを、本の帯または新聞・雑誌・インターネットなどの広告で紹介してもいいですか?
1. はい 2. ペンネーム ( ) ならOK 3. いいえ

「野いちごジュニア文庫」愛読者カード

「野いちごジュニア文庫」の本をお買い上げいただき、ありがとうございました！
今後の作品づくりの参考にさせていただきますので、下の質問にお答えください。
（当てはまるものがあれば、いくつでも選んでOKです）

♥この本を知ったきっかけはなんですか？
1. 書店で見て　2. 人におすすめされて（友だち・親・その他）　3. ホームページ
4. 図書館で見て　5. LINE　6. Twitter　7. YouTube
8. その他（　　　　　　　　　　　　　　　　　　　　　　　）

♥この本を選んだ理由を教えてください。
1. 表紙が気に入って　2. タイトルが気に入って　3. あらすじがおもしろそうだった
4. 好きな作家だから　5. 人におすすめされて　6. 特典が欲しかったから
7. その他（　　　　　　　　　　　　　　　　　　　　　　　）

♥スマホを持っていますか？　1. はい　2. いいえ

♥本やまんがは1日のなかでいつ読みますか？
1. 朝読の時間　2. 学校の休み時間　3. 放課後や通学時間
4. 夜寝る前　5. 休日

♥最近おもしろかった本、まんが、テレビ番組、映画、ゲームを教えてください。

♥本についていたらうれしい特典があれば、教えてください。

♥最近、自分のまわりの友だちのなかで流行っているものを教えてね。
服のブランド、文房具など、なんでもＯＫ！

♥学校生活の中で、興味関心のあること、悩み事があれば教えてください。

♥選んだ本の感想を教えてね。イラストもOKです！

ご協力、ありがとうございました！

『こういうタイプの売買《ばいばい》だと、自分《じぶん》の気《き》に入《い》った子《こ》の情報《じょうほう》を買《か》ってくれるみたいなんだよね』

書《か》き込《こ》んだ人《ひと》の名前《なまえ》をタップすると相手《あいて》のＤＭ《ディーエム》につながっていて、そこで詳細《しょうさい》を聞《き》き出《だ》すことができる仕組《しく》みになっているみたいだ。

『へえ、面白《おもしろ》そうだね』

一番《いちばん》に反応《はんのう》を見《み》せたのは由佳《ゆか》だ。

由佳《ゆか》は、わたしのスマホ画面《がめん》を食《く》い入《い》るように見《み》つめている。

『で、その個人情報《こじんじょうほう》っていくらくらいで売《う》れるの？』

由佳《ゆか》にとってはそれが一番重要《いちばんじゅうよう》なことだった。

危《あぶ》ない橋《はし》を渡《わた》るのに、たった数千円《すうせんえん》じゃ話《はな》しにならない。

『みんな数万円《すうまんえん》から数十万円《すうじゅうまんえん》でやりとりしてるみたいだよ。どうしても欲《ほ》しい個人情報《こじんじょうほう》なら、一〇〇万近《まんちか》く払《はら》う人《ひと》もいるんだって』

『そんなに⁉』

驚《おどろ》く由佳《ゆか》に、わたしは頷《うなず》く。

『ただ、そんなのはごく稀《まれ》だけどね。ストーカーとか、元旦那《もとだんな》が元妻《もとつま》を探《さが》してるときには上限《じょうげん》がかなり緩《ゆる》くなるみたい』

さすがにそういった個人情報《こじんじょうほう》は持《も》っていない。

だけど、数万円《すうまんえん》のお小遣《こづか》いなら手《て》に入《い》れることができるかもしれないということだ。

『大金《たいきん》は無理《むり》でもお小遣《こづか》いならなんとかなりそうだね？』

由佳《ゆか》の視線《しせん》が進《すすむ》へ向《む》かった。

進《すすむ》はその意図《いと》を汲《く》み取《と》ることができず、首《くび》をかしげている。

『ほら、この前作《まえつく》った写真《しゃしん》があるじゃん』

そう言《い》うと、岩上《いわがみ》の合成写真《ごうせいしゃしん》の存在《そんざい》を思《おも》い出《だ》したように進《すすむ》は目《め》を見開《みひら》いた。

あのデータならまだ残《のこ》っている。

『あれを使《つか》えばバカな男《おとこ》はこぞって近《ちか》づいてくるんじゃない？』

由佳《ゆか》の表情《ひょうじょう》が嫌《いや》らしく歪《ゆが》む。

たしかに、岩上《いわがみ》が全裸《ぜんら》で座《すわ》っている写真《しゃしん》だから、男《おとこ》たちはその個人情報《こじんじょうほう》を欲《ほっ》してもおかしくはない。

軽《かる》い女《おんな》だと思《おも》って近《ちか》づいてくるヤツは多《おお》そうだ。

『じゃあさっそくやってみるか』

久貴《ひさたか》も乗《の》り気《き》になっているようなので、進《すすむ》は自分《じぶん》のスマホを操作《そうさ》して合成写真《ごうせいしゃしん》を呼《よ》び出《だ》した。

進《すすむ》は私《わたし》たち四人《よにん》だけのグループメッセージを開《ひら》いて、そこに合成写真《ごうせいしゃしん》を貼《は》りつけた。

これで、メンバーなら誰《だれ》でも合成写真《ごうせいしゃしん》を使《つか》うことができるようになる。

『和美《かずみ》、早《はや》く』

由佳《ゆか》に急《せ》かされて、グループメッセージから合成写真《ごうせいしゃしん》をダウンロードする。

岩上《いわがみ》の個人情報《こじんじょうほう》についてはクラスのグループメッセージしか知《し》らないけれど、そのＩ《アイ》Ｄ《ディー》があれば十分《じゅうぶん》だ。

『書《か》き込《こ》むのはメッセージアプリのＩＤ《アイディー》だけ？　住所《じゅうしょ》とかは？』

『もちろん、住所《じゅうしょ》を一緒《いっしょ》に売買《ばいばい》したほうが高《たか》くつくけど、さすがにわからないよ』

由佳《ゆか》からの質問《しつもん》に、わたしは左右《さゆう》に首《くび》を振《ふ》った。

こうなるなら最初《さいしょ》に聞《き》き出《だ》しておくべきだったと後悔《こうかい》する。

今《いま》さらになって質問《しつもん》しても、きっと嘘《うそ》の住所《じゅうしょ》を教《おし》えられるだろうから。

『仕方《しかた》ないか。それじゃメッセージアプリのＩＤ《アイディー》と、名前《なまえ》と年齢《ねんれい》、それに学校名《がっこうめい》くらい？』

『そうだな。まぁ、写真《しゃしん》が写真《しゃしん》だから食《く》いつきはいいと思《おも》うけど』

由佳《ゆか》の言葉《ことば》に進《すすむ》が同意《どうい》する。

住所《じゅうしょ》がないのは痛《いた》いけれど、それでも十分集客《じゅうぶんしゅうきゃく》はありそうだ。

『写真《しゃしん》がダウンロードできた』

わたしはスマホを確認《かくにん》して呟《つぶや》く。

四人《よにん》がそれぞれに目《め》を見かわせた。

この写真《しゃしん》を裏《うら》SNS《エスエヌエス》に投稿《とうこう》すればもう後戻《あともど》りはできないという、緊張感《きんちょうかん》に包《つつ》み込《こ》まれている。

そんななかでも由佳《ゆか》は笑《わら》っていた。

まるでとても楽《たの》しい遊《あそ》びを見《み》つけた子《こ》どもみたいに、ずっと口角《こうかく》が上《あ》がりっぱなしだ。

『どうしたの？　早《はや》く投稿《とうこう》してよ。それから、適当《てきとう》なパスワードでログインしてるんだから、さっさとパスワードも変更《へんこう》して、元《もと》の人《ひと》がログインできないようにしなきゃ』

『そ、そうだね』

いつもの調子《ちょうし》の由佳《ゆか》に慌《あわ》てて頷《うなず》いた。

パスワードの変更《へんこう》は、本来《ほんらい》の登録者《とうろくしゃ》に気《き》がつかれる前《まえ》にしないといけないと思《おも》っていたところだ。

でも今《いま》すべきは、写真《しゃしん》を投稿《とうこう》することだ。

わたしは両手《りょうて》でスマホを握《にぎ》りしめた。

自分《じぶん》では普通《ふつう》にしているつもりだったけれど、知《し》らない間《あいだ》に両手《りょうて》のひらには汗《あせ》がじっとりと滲《にじ》んでいる。

みんなが、とくに由佳《ゆか》が喜《よろこ》ぶかもと思《おも》って考《かんが》えたことだったけれど、本当《ほんとう》に岩上《いわがみ》の個《こ》人情報《じんじょうほう》を売買《ばいばい》させることになるとは、このときまで考《かんが》えてもいなかった。

でも、もう後戻《あともど》りはできない。

ここまで来《き》て『やっぱりやめる』なんて言《い》えば、由佳《ゆか》からどう思《おも》われるかわからない。弱虫《よわむし》と罵《ののし》られて、明日《あす》から岩上《いわがみ》と同等《どうとう》の扱《あつか》いを受《う》けてしまうかもしれない。

そう思《おも》うと怖《こわ》くて、ここで引《ひ》き返《かえ》すことは絶対《ぜったい》にできないと思《おも》ってしまった。

わたしは震《ふる》える指先《ゆびさき》でスマホ画面《がめん》を操作《そうさ》する。

【情報《じょうほう》を入力《にゅうりょく》する】という文字《もじ》をタップすると、短《みじか》い文章《ぶんしょう》と写真《しゃしん》が添付《てんぷ》できる画面《がめん》に切《き》り替《か》わる。

それはどんなSNS《エスエヌエス》でも見《み》られるごく普通《ふつう》の画面《がめん》だったけれど、今《いま》だけはまるで別物《べつもの》のように見《み》えていた。

由佳《ゆか》たちがジッと視線《しせん》を送《おく》ってくるなか、まず文章《ぶんしょう》を打《う》ち込《こ》んでいった。
【美人中学生《びじんちゅうがくせい》の個人情報《こじんじょうほう》を売《う》ります】
そう書《か》き込《こ》むと由佳《ゆか》が小《ちい》さく笑《わら》った。
顔《かお》を上《あ》げると、由佳《ゆか》の目《め》は好奇心《こうきしん》でランランと輝《かがや》いている。
文字《もじ》を打《う》ち込《こ》んだあとに合成写真《ごうせいしゃしん》を添付《てんぷ》する。
それで、送信《そうしん》ボタンを押《お》せば終《お》わりだ。
だけど、なかなかボタンをタップすることができない。
どうしても、指《ゆび》が動《うご》かないのだ。
本当《ほんとう》にこんなことをしていいの？
わずかに残《のこ》っているわたしの理性《りせい》が、次《つぎ》の行動《こうどう》を押《お》し留《とど》めている。
『ちょっと、いつまで時間《じかん》かけてんの』
そんな理性《りせい》は、由佳《ゆか》の一言《ひとこと》によっていとも簡単《かんたん》に打《う》ち砕《くだ》かれた。
わたしは岩上《いわがみ》みたいになりたくない。
だから、岩上《いわがみ》をもっともっと追《お》い詰《つ》めないといけない。
由佳《ゆか》が楽《たの》しむようなことを考《かんが》えて、それを実行《じっこう》し続《つづ》けなきゃいけない。

きつく目《め》を閉《と》じて、その勢《いきお》いで【送信《そうしん》する】ボタンをタップした。

ついさきほどの文章《ぶんしょう》と、岩上《いわがみ》の合成写真《ごうせいしゃしん》が不特定多数《ふとくていたすう》の人物《じんぶつ》が見《み》る場所《ばしょ》に表示《ひょうじ》される。

わたしは大《おお》きく息《いき》を吐《は》き出《だ》して、スマホを机《つくえ》に置《お》いたのだった。


あの写真《しゃしん》のおかげで個人情報売買《こじんじょうほうばいばい》からの連絡《れんらく》はすさまじかった。

書《か》き込《こ》みをしてほんの五分間《ごふんかん》ほどで、十件《じっけん》もの売買《ばいばい》メールが送《おく》られてきた。

『岩上《いわがみ》の個人情報《こじんじょうほう》は全部《ぜんぶ》コピペして、金額《きんがく》だけ交渉《こうしょう》すればいいよ』

由佳《ゆか》がそうアドバイスしてくれなければ、いちいちすべて丁寧《ていねい》に打《う》ち込《こ》んで返事《へんじ》をしていただろう。

放課後《ほうかご》になると由佳《ゆか》がすぐに近《ちか》づいてきた。

『結構購入者《けっこうこうにゅうしゃ》いた？』

書《か》き込《こ》みをしてから二時間《にじかん》が経過《けいか》していて、連絡《れんらく》してきた人《ひと》は九十人《きゅうじゅうにん》にのぼる。

『今《いま》のところ成立《せいりつ》したのは二十人《にじゅうにん》くらい。やっぱり住所《じゅうしょ》がないからみんな出《だ》し渋《しぶ》ってるけど、最低《さいてい》でも一万円《いちまんえん》はもらえるよ』

『ってことは、もう二十万円《にじゅうまんえん》!?』

そういうことになると頷《うなず》いた。

ただ、その二十人《にじゅうにん》がちゃんと支払《しはら》ってくれるかどうかの問題《もんだい》は残《のこ》っている。

支払《しはら》い方法《ほうほう》は電子《でんし》マネーにしているから、支払《しはら》い確認《かくにん》ができてから個人情報《こじんじょうほう》を渡《わた》すことになる。

とにかく、今日《きょう》はこの作業《さぎょう》だけで疲《つか》れてしまった。

『ごめん。今日《きょう》はもう帰《かえ》るね』

自分《じぶん》で提案《ていあん》したことと言《い》っても失敗《しっぱい》したかもしれない。

わたしはそんなふうに感《かん》じていたのだった。

第《だい》九《きゅう》問《もん》

狐面《きつねめん》は調子《ちょうし》が乗《の》ってきたのか、鼻歌《はなうた》を口《くち》ずさむようになった。

準備《じゅんび》をしている間《あいだ》に何度《なんど》もステップを踏《ふ》む。

その軽快《けいかい》な動《うご》きが気持《きも》ち悪《わる》くて、私《わたし》は視線《しせん》を落《お》とした。

さっきから進《すすむ》も和美《かずみ》も動《うご》かない。

生《い》きているのか死《し》んでいるのか、その確認《かくにん》すらできなかった。

それから狐面《きつねめん》は、久貴《ひさたか》と私《わたし》に近《ちか》づいてきた。

品定《しなさだ》めをするように二人《ふたり》を交互《こうご》に見《み》つめる。

久貴《ひさたか》は何度《なんど》もうめき声《ごえ》を上《あ》げて足《あし》を踏《ふ》み鳴《な》らし、狐面《きつねめん》が近《ちか》づいてこないように威嚇《いかく》していた。

けれどそんなもの通用《つうよう》しなかった。

狐面《きつねめん》は、すでに人間《にんげん》としての感情《かんじょう》を失《うしな》っている。

おそらくその正体《しょうたい》であろう岩上《いわがみ》は、人間《にんげん》であることを放棄《ほうき》してこの凶行《きょうこう》に及《およ》んでいるのだ。

今《いま》さら少《すこ》し威嚇《いかく》した程度《ていど》で、どうなるものでもなかった。

思《おも》えば、自分《じぶん》たちがここに来《く》るように動画《どうが》は巧妙《こうみょう》に仕《し》かけられていたのだ。

学校内《がっこうない》で使《つか》われる音《おと》。

私《わたし》の記憶《きおく》に深《ふか》く残《のこ》っているロッカーの音《おと》。

極《きわ》めつけは家庭科室《かていかしつ》の落書《らくが》きだった。

あれが画面《がめん》に映《うつ》ったのは偶然《ぐうぜん》ではなかったのだと、今《いま》ならわかる。

カメラを移動《いどう》させるときに黒《くろ》い布《ぬの》をかぶせるような徹底《てってい》ぶりだったのに、あそこだけやけに手抜《てぬ》きだった。

それは、あの落書《らくが》きを私《わたし》たちに見《み》せるためだったのだ。

配信《はいしん》が私《わたし》たちの通《かよ》っている学校《がっこう》で行《おこな》われているとわかった上《うえ》で、『自分《じぶん》は誰《だれ》でしょう？』なんて問題《もんだい》を出《だ》せば必《かなら》ず配信者《はいしんしゃ》を見《み》に来《く》る。

そこまで考《かんが》えて動画撮影《どうがさつえい》をはじめたのだ。

そう考《かんが》えれば、最初《さいしょ》に届《とど》いた動画《どうが》の宣伝《せんでん》だって、狐面《きつねめん》が個人的《こじんてき》に作成《さくせい》して送《おく》ってきたものに間違《まちが》いなかった。

狐面《きつねめん》に仲間《なかま》がいるとすれば、それくらいのことできるはずだ。

私《わたし》は悔《くや》しさに奥歯《おくば》を噛《か》みしめた。

自分《じぶん》たちは、まんまと騙《だま》されてここまで来《き》たのだ。

せめて口《くち》を利《き》くことができれば狐面《きつねめん》――岩上《いわがみ》への文句《もんく》の一《ひと》つも言《い》えたのに、それすら言《い》えないまま好《す》き勝手《かって》されている。

それが悔《くや》しくて仕方《しかた》なかった。

「次《つぎ》はお前《まえ》かなぁ？」

狐面《きつねめん》が久貴《ひさたか》の前《まえ》で止《と》まる。

久貴《ひさたか》は、眼球《がんきゅう》が飛《と》び出《だ》しそうなほど目《め》を見開《みひら》いて左右《さゆう》に首《くび》を振《ふ》った。

「へへっ。そんなに怖《こわ》いか？」

ボイスチェンジャーで変換《へんかん》された奇妙《きみょう》な声《こえ》が煽《あお》る。

久貴《ひさたか》は必死《ひっし》に体《からだ》を揺《ゆ》らして椅子《いす》とともに横倒《よこだお》しになった。

そのまま這《は》うようにして出口《でぐち》へと向《む》かう。

けれど、そんな鈍《にぶ》い動《うご》きで逃《に》げきれるわけがなかった。

狐面《きつねめん》はおかしそうな笑《わら》い声《ごえ》を上《あ》げて、久貴《ひさたか》の行《い》く手《て》に立《た》ちはだかった。

「威勢《いせい》がいいねぇ。そうじゃなきゃ面白《おもしろ》くないよねぇ？」

粘《ねば》りつくような声《こえ》が久貴《ひさたか》を追《お》い詰《つ》める。

狐面《きつねめん》の横《よこ》を通《とお》り抜《ぬ》けようとすると、今度《こんど》はそっちに立《た》ちふさがる。

どう頑張《がんば》ってみても、出口《でぐち》は遠《とお》すぎた。

久貴《ひさたか》はフーフーと大《おお》きく呼吸《こきゅう》を繰《く》り返《かえ》して狐面《きつねめん》を睨《にら》み上《あ》げる。

そして「うーうー！」と、言葉《ことば》にならない声《こえ》を上《あ》げた。

狐面《きつねめん》に抗議《こうぎ》しているのか、命乞《いのちご》いをしているのか、それすらわからない。

「はいはい、元《もと》の場所《ばしょ》に戻《もど》ろうか」

狐面《きつねめん》が久貴《ひさたか》の体《からだ》を引《ひ》きずって椅子《いす》に戻《もど》そうとする。

けれど久貴《ひさたか》に抵抗《ていこう》されてうまくいかない。

「ちょっと、じっとしてなよ」

そう言《い》われて、おとなしくできるわけもなかった。

その光景《こうけい》を見《み》て、ふと進《すすむ》のときのことを思《おも》い出《だ》していた。

引《ひ》きずられていたとはいえ、進《すすむ》は椅子《いす》ごと機材《きざい》の前《まえ》まで移動《いどう》させられていたはずだ。

あのときはなんとも思《おも》わなかったけれど、岩上《いわがみ》が男子生徒《だんしせいと》一人《ひとり》をあんなに簡単《かんたん》に移動《いどう》させることができるだろうか？
そう考《かんが》えたとき、狐面《きつねめん》の下《した》の顔《かお》が歪《ゆが》んだ気《き》がした。
岩上《いわがみ》だと思《おも》い込《こ》んでいたその相手《あいて》が、途端《とたん》に得体《えたい》のしれない人物《じんぶつ》に変《か》わる。
男子生徒《だんしせいと》を引《ひ》きずって移動《いどう》できる相手《あいて》。
もしかしたら女《おんな》じゃないのかもしれない。
狐面《きつねめん》の下《した》の顔《かお》は、男《おとこ》……？
疑問《ぎもん》に感《かん》じている間《あいだ》に、狐面《きつねめん》はスタンガンを持《も》ってきた。
久貴《ひさたか》はより一層《いっそう》暴《あば》れて逃《のが》れようとするけど、その体《からだ》に容赦《ようしゃ》なく押《お》しつけられる。
――**バチンッ!!**
すると、大《おお》きな音《おと》を立《た》ててスタンガンが炸裂《さくれつ》した。
出力《しゅつりょく》を最大《さいだい》にしているのかもしれない。
久貴《ひさたか》はすぐにおとなしくなって絨毯《じゅうたん》の上《うえ》に転《ころ》がった。
狐面《きつねめん》は大《おお》きく息《いき》を吐《は》き出《だ》して、久貴《ひさたか》の体《からだ》を引《ひ》きずって機材《きざい》の近《ちか》くに転《ころ》がす。
「さて、おまたせしましたぁ！　次《つぎ》で第九問目《だいきゅうもんめ》です！」
狐面《きつねめん》が画面《がめん》へ向《む》けて声高《こえたか》らかに宣言《せんげん》する。

コメント覧《らん》は今《いま》やお祭《まつ》り騒《さわ》ぎ状態《じょうたい》で、次《つぎ》のお題《だい》を心待《こころま》ちにしている連中《れんちゅう》ばかりが残《のこ》っている。

【早《はや》く次《つぎ》の問題《もんだい》！】

【次《つぎ》の拷問《ごうもん》はどんなのかなぁ？】

【すっごく楽《たの》しみ！　配信者《はいしんしゃ》さん最高《さいこう》！】

誰《だれ》も止《と》めに入《はい》ることのないコメント欄《らん》を目《め》の前《まえ》にして、狐面《きつねめん》は満足《まんぞく》そうに頷《うなず》く。

そして、鼻歌《はなうた》まじりにカバンの中《なか》をあさりはじめた。

カバンの中《なか》には、まだまだたくさんの道具《どうぐ》が入《はい》っている。

ペンチにカミソリにラベルのない液体《えきたい》。

狐面《きつねめん》はわざわざそれを一《ひと》つひとつ手《て》に取《と》り、私《わたし》に見《み》せびらかしてきた。

どれを使《つか》って拷問《ごうもん》するかは自分《じぶん》の自由《じゆう》だ、とでもいうように。

心《こころ》の底《そこ》から喜《よろこ》んでいるように見《み》えて悪寒《おかん》が走《はし》った。

相手《あいて》を人《ひと》として見《み》なくなったとき、こんなにも恐《おそ》ろしい鬼《おに》になることができるんだ。

カバンの中《なか》を物色《ぶっしょく》していた狐面《きつねめん》はふと視線《しせん》を動《うご》かして、床《ゆか》に置《お》いてあったキャスターつきの大《おお》きなシュレッダーを見《み》つめた。

それはもともと職員室《しょくいんしつ》に置《お》いてあったもので、私《わたし》たちも何度《なんど》か目《め》にしたことのあるものだった。

すると、狐面《きつねめん》はシュレッダーの安全装置《あんぜんそうち》を外《はず》したのだ。

その動作《どうさ》を見《み》た瞬間《しゅんかん》、思《おも》い出《だ》したニュースがあった。

小《ち》さな子《こ》どもが床《ゆか》に置《お》かれているシュレッダーに遊《あそ》び半分《はんぶん》で手《て》を突《つ》っ込《こ》み、指《ゆび》のすべてを切断《せつだん》してしまったというニュースだ。

大人《おとな》でも、使《つか》い方《かた》を誤《あやま》って大《おお》きなケガをしたと聞《き》いたことがある。

狐面《きつねめん》はそれを機材《きざい》の前《まえ》へと移動《いどう》してきた。

殴《なぐ》る音《おと》も、切《き》り裂《さ》く音《おと》も、正解者《せいかいしゃ》が何人《なんにん》も出《で》た。

だけど、シュレッダーの音《おと》はきっと予測《よそく》が難《むずか》しい。

音《おと》が大《おお》きくなるはずなので、狐面《きつねめん》はまずはマイクの設定《せってい》を少《すこ》しだけ変更《へんこう》したようだ。

マイクには、ところどころ血《ち》がついている。

それに気《き》がついた狐面《きつねめん》が、「チッ」と小《ち》さく舌打《したう》ちをした。

きっと、高価《こうか》なものだったんだろう。

狐面《きつねめん》は気《き》を取《と》り直《なお》すようにシュレッダーにスイッチを入《い》れた。

ゴーッという、かすかな機械音《きかいおん》が聞《き》こえてくる。
それからまだ気絶《きぜつ》している久貴《ひさたか》の手首《てくび》の拘束《こうそく》を解《と》いた。
手首《てくび》にはくっきりとロープの痕《あと》がついていて、赤《あか》くなっている。
狐面《きつねめん》は久貴《ひさたか》の右手《みぎて》を掴《つか》むとシュレッダーへと近《ちか》づけていく。
安全装置《あんぜんそうち》は外《はず》しているから、硬《かた》いものが入《はい》り込《こ》んでも停止《ていし》することはない。
久貴《ひさたか》が一瞬《いっしゅん》、眉間《みけん》にシワを寄《よ》せたのがわかった。
もうすぐ目《め》を覚《さ》ますかも知《し》れない。
そう考《かんが》えた次《つぎ》の瞬間《しゅんかん》、狐面《きつねめん》は久貴《ひさたか》の右手《みぎて》をシュレッダーにかけていたのだ。
目覚《めざ》めた久貴《ひさたか》が暴《あば》れるけど、シュレッダーは止《と》まらない。
【ん？　今《いま》の音《おと》なんだ？】
【結構大《けっこうおお》きな音《おと》したよね？】
【今《いま》までとは全然違《ぜんぜんちが》う感《かん》じなのか？】
視聴者《しちょうしゃ》たちも戸惑《とまど》っている。
それがおかしいのか、狐面《きつねめん》はまた笑《わら》い声《ごえ》を上《あ》げた。
「さぁて、今回《こんかい》はまた少《すこ》し難《むずか》しかったでしょうか？　だけど正解《せいかい》すれば一〇〇万円《まんえん》ゲットまで近《ちか》づけますよ!?」
狐面《きつねめん》は、時折《ときおり》こうして視聴者《しちょうしゃ》を煽《あお》るように声《こえ》をかけて盛《も》り上《あ》げている。
そうすることで自分自身《じぶんじしん》も気持《きも》ちが盛《も》り上《あ》がるのだろう。
「それでは第九問目《だいきゅうもんめ》を締《し》め切《き》りまぁす！」
一分《いっぷん》が経過《けいか》して解答《かいとう》を締《し》め切《き》ると、
【全然《ぜんぜん》わかんねぇ！】
【難易度高《なんいどたか》すぎ！】
不満《ふまん》そうなコメントがわっと溢《あふ》れた。
それすら狐面《きつねめん》を楽《たの》しませる要素《ようそ》になっている。
狐面《きつねめん》は笑《わら》いながら、「それでは正解発表《せいかいはっぴょう》～」と呑気《のんき》な声《こえ》を上《あ》げた。
カメラを手《て》で持《も》ち、倒《たお》れている久貴《ひさたか》を映《うつ》す。
自分《じぶん》の姿《すがた》が撮影《さつえい》されていると気《き》がついた久貴《ひさたか》は、なにか言《い》いたそうにうめきはじめた。
「声《こえ》を聞《き》くことができればもっと楽《たの》しいのに、残念《ざんねん》ですねぇ？」
狐面《きつねめん》は心底残念《しんそこざんねん》がっているようで、大《おお》きなため息《いき》をついた。
私《わたし》たちの声《こえ》を聞《き》くのだって、配信者《はいしんしゃ》にとっては最高《さいこう》のスパイスになるのだろう。

狐面《きつねめん》はしゃがみ込《こ》むと久貴《ひさたか》の左手《ひだりて》を掴《つか》んだ。

久貴《ひさたか》の左手《ひだりて》は、まだ手首《てくび》から先《さき》が残《のこ》っている。

なにかに感《かん》づいたのか、久貴《ひさたか》がまた暴《あば》れ出《だ》す。

そして顔《かお》を真《ま》っ赤《か》にして左右《さゆう》に首《くび》を振《ふ》ると、懇願《こんがん》するように涙《なみだ》を流《なが》しながら狐面《きつねめん》を見上《みあ》げている。

まさか久貴《ひさたか》がここで泣《な》くなんて思《おも》っていなかった。

いつも口《くち》が悪《わる》くて乱暴者《らんぼうもの》で上《うえ》から目線《めせん》で、そんな久貴《ひさたか》の涙《なみだ》は珍《めずら》しい。

狐面《きつねめん》は、視聴者《しちょうしゃ》にも見《み》えるように久貴《ひさたか》の顔《かお》をアップにして映《うつ》した。

【結構《けっこう》イケメン】

【うわ！　泣いてるじゃん！】

【普通《ふつう》に気持《きも》ち悪《わる》い】

【早《はや》く正解発表《せいかいはっぴょう》して】

反応《はんのう》はさまざまだ。

だけどその中《なか》で、久貴《ひさたか》への同情《どうじょう》を示《しめ》すコメントは一《ひと》つもない。

私《わたし》たちの味方《みかた》は最初《さいしょ》からここには存在《そんざい》していないのだから、当然《とうぜん》のことだった。

「ではでは、正解発表《せいかいはっぴょう》です！」

狐面《きつねめん》が久貴《ひさたか》の左手《ひだりて》をシュレッダーに近《ちか》づける。

久貴《ひさたか》は必死《ひっし》に抵抗《ていこう》しているけれど、右手《みぎて》の指《ゆび》を失《うしな》ったショックと痛《いた》みでいつもの力《ちから》は出《で》なかったようだ。

【シュレッダーか！】

【すっごいね！　よく考《かんが》えたよね】

【最高《さいこう》！】

コメント覧《らん》は過去最高《かこさいこう》に盛《も》り上《あ》がっている。

この問題《もんだい》でふるい落《お》とされることになった人《ひと》たちも一緒《いっしょ》になって、興奮《こうふん》しているのがわかった。

「第九問目《だいきゅうもんめ》の正解《せいかい》は、シュレッダーで指《ゆび》を切断《せつだん》する音《おと》でしたぁ」

狐面《きつねめん》がそう言《い》うと同時《どうじ》に久貴《ひさたか》は両手《りょうて》の指《ゆび》を失《うしな》い、グッタリと崩《くず》れ落《お》ちていた。

今《いま》までと同様《どうよう》に治療《ちりょう》や止血《しけつ》は行《おこな》われず、狐面《きつねめん》は久貴《ひさたか》の体《からだ》を邪魔《じゃま》にならない場所《ばしょ》に引《ひ》きずって移動《いどう》させるだけだった。

私《わたし》はギュッと、きつく目《め》を閉《と》じた。

目《め》を閉《と》じて、そして思《おも》い出《だ》していた。

——岩上《いわがみ》のことを。


あれは、いつのことだったか……。

和美《かずみ》と進《すすむ》に、岩上《いわがみ》の個人情報《こじんじょうほう》を拡散《かくさん》してもらったときのことを思《おも》い返《かえ》す。

私《わたし》の思惑《おもわく》どおり岩上《いわがみ》を追《お》い詰《つ》めることができて、さらにはお金《かね》も手《て》に入《はい》る。

こんなに素晴《すば》らしいことはなかった。

『お金《かね》は和美《かずみ》と進《すすむ》で折半《せっぱん》すればいいから』

和美《かずみ》へ向《む》けてそう言《い》ったときの、和美《かずみ》と進《すすむ》の驚《おどろ》いた顔《かお》も面白《おもしろ》かった。

しかも、本当《ほんとう》に自分《じぶん》たち二人《ふたり》だけで使《つか》っていいのかと何度《なんど》も確認《かくにん》された。

お金《かね》はたしかに欲《ほ》しいけれど、今回《こんかい》のことは間違《まちが》いなく二人《ふたり》の功績《こうせき》だ。

久貴《ひさたか》は『ずるい』と不満《ふまん》を言《い》うかもしれないけれど、頑張《がんば》った人《ひと》にご褒美《ほうび》が出《で》るのは当然《とうぜん》のことだった。

それに私《わたし》にとっては、お金《かね》よりも岩上《いわがみ》が苦《くる》しんでいる姿《すがた》を見《み》るのが一番《いちばん》の楽《たの》しみだったのだ。

岩上《いわがみ》がどんなふうに苦《くる》しんで、どんなふうに泣《な》いているのか。

それを見《み》ることができればもう満足《まんぞく》だった。

だから、ここ最近《さいきん》は放課後《ほうかご》になると岩上《いわがみ》のあとを追《お》いかけることが習慣化《しゅうかんか》していた。

岩上《いわがみ》が徒歩通学《とほつうがく》なのも都合《つごう》のいいことだった。

私《わたし》があとをつけていることにも気《き》がつかずに、岩上《いわがみ》は薄暗《うすぐら》い夜道《よみち》を一人《ひとり》で歩《ある》く。

時折《ときおり》、岩上《いわがみ》とすれ違《ちが》うサラリーマンがいる。

彼《かれ》らが今《いま》岩上《いわがみ》に襲《おそ》いかかってくれれば、決定的《けっていてき》な瞬間《しゅんかん》を目撃《もくげき》することができるのにと、心《こころ》の底《そこ》から楽《たの》しみにしていた。

岩上《いわがみ》を尾行《びこう》しはじめて最初《さいしょ》の日《ひ》は、何事《なにごと》もなく終《お》わった。

だけど二日目《ふつかめ》になると、明《あき》らかに怪《あや》しい男女三人組《だんじょさんにんぐみ》が姿《すがた》を見《み》せた。

みんな私《わたし》と同《おな》じ年《とし》くらいに見《み》える。

気配《けはい》に気《き》がついて岩上《いわがみ》が歩調《ほちょう》を速《はや》めるけど、それより先《さき》に三人組《さんにんぐみ》が岩上《いわがみ》に追《お》いついてその腕《うで》を掴《つか》んでいた。

『なにすんの⁉』
普段大人《ふだんおとな》しい岩上《いわがみ》からは、考《かんが》えられないくらい大《おお》きな声《こえ》が出《で》る。
『お前《まえ》をイジメてもいいって書《か》かれてたから、わざわざ来《き》てやったんだろ』
一人《ひとり》がそう言《い》うと、抵抗《ていこう》する岩上《いわがみ》を引《ひ》きずって近《ちか》くの廃工場《はいこうじょう》へと入《はい》っていく。
それを見届《みとど》けた私《わたし》は満足《まんぞく》して微笑《ほほえ》んだのだった。

岩上《いわがみ》は得体《えたい》の知《し》れない三人組《さんにんぐみ》に連《つ》れていかれた。
だけどそれを誰《だれ》にも言《い》わなかったし、通報《つうほう》だってしていない。
ただいつもどおり家《いえ》に帰《かえ》って、いつもどおり晩《ばん》ご飯《はん》を食《た》べて、眠《ねむ》っただけだった。
その間《あいだ》に岩上《いわがみ》がどうなっていたかなんて、関係《かんけい》がなかった。
でも……。
翌日《よくじつ》、岩上《いわがみ》は学校《がっこう》へやってきた。
しかも、一見《いっけん》すると無傷《むきず》だった。

その様子《ようす》に少《すく》なからず私《わたし》は驚《おどろ》いていた。

昨日《きのう》、岩上《いわがみ》はボコボコにされたはずだ。

もしかして、うまく逃《に》げることができた？

もしそうだとしても、とても学校《がっこう》に来《く》る気《き》にはなれないはずだ。

気《き》がつけば私《わたし》は奥歯《おくば》を噛《か》みしめていた。

金稼《かねかせ》ぎのためにネットに晒《さら》した写真《しゃしん》や情報《じょうほう》がいつの間《ま》にか流出《りゅうしゅつ》してしまい、今《いま》でもネットで拡散《かくさん》され続《つづ》けている。

岩上《いわがみ》もなにか手《て》を打《う》ったはずだけれど、一向《いっこう》に火消《ひけ》しには至《いた》っていなかった。

それなのに、淡々《たんたん》と授業《じゅぎょう》を受《う》けている岩上《いわがみ》。

その存在《そんざい》はただ疎《うと》ましく感《かん》じていたものから、かすかな恐怖《きょうふ》を感《かん》じる存在《そんざい》へと変《か》わりつつあった。

なんだこいつは。

なんでこんなにも平気《へいき》な顔《かお》で毎日学校《まいにちがっこう》に来《こ》られるの。

自分《じぶん》ならとっくにギブアップして逃《に》げているかもしれない。

そう考《かんが》えると余計《よけい》に腹《はら》が立《た》ち、得体《えたい》のしれない恐怖《きょうふ》に襲《おそ》われる。

『なんであいつまだ学校《がっこう》に来《き》てんの』

恐怖《きょうふ》から、そんな愚痴《ぐち》を久貴《ひさたか》と進《すすむ》と和美《かずみ》にこぼしていた。

『メンタルが強《つよ》いんじゃねぇの？』

久貴《ひさたか》が苦笑《にがわら》いを浮《う》かべて言《い》う。

私《わたし》は笑《わら》っている久貴《ひさたか》を睨《にら》みつけた。

『なにがおかしいわけ？　私《わたし》が岩上《いわがみ》に負《ま》けてるのがおかしいの？』

『そ、そんなんじゃねぇけど……』

久貴《ひさたか》はとっさに視線《しせん》をそらしていた。

私《わたし》に嫌《きら》われたら後々面倒《のちのちめんどう》なことになる。

それこそ、第二《だいに》の岩上《いわがみ》みたいなことになる可能性《かのうせい》が高《たか》いとわかっているからだった。

『とにかくさ、そんなに気《き》に入《い》らねぇなら、もっとイジメるしかねぇだろ』

久貴《ひさたか》の答《こた》えはそれだった。

合成写真《ごうせいしゃしん》や個人情報流出《こじんじょうほうりゅうしゅつ》に関《かん》しては、自分《じぶん》たちのやったことだってバレないように動《うご》いていたけど、もうそうは言《い》っていられなくなってきた。

そもそもどうして私《わたし》がここまで岩上《いわがみ》に執着《しゅうちゃく》しているのか、誰《だれ》も知《し》らないことだった。

『なぁ、どうしてそんなにあいつに執着《しゅうちゃく》するんだ？』

久貴《ひさたか》は、このとき初《はじ》めてその質問《しつもん》を私《わたし》にした。

久貴《ひさたか》からの質問《しつもん》に私《わたし》は一瞬《いっしゅん》顔《かお》をしかめ、そして『ただ嫌《きら》いなだけ』と、短《みじか》く返事《へんじ》をしたのだった。

どうして嫌《きら》いなのか、どういう経緯《けいい》があったのかは黙《だま》っておいた。

結局《けっきょく》、久貴《ひさたか》はそれ以上《いじょう》、私《わたし》が岩上《いわがみ》に執着《しゅうちゃく》する理由《りゆう》を聞《き》くことはないままだった。

エスカレートするイジメ【久貴《ひさたか》side】

両手《りょうて》の指《ゆび》を切断《せつだん》された激痛《げきつう》に気《き》を失《うしな》いそうになりながら、俺《おれ》はなぜか狐面《きつねめん》が岩上《いわがみ》のような気《き》がして、これまでのことを思《おも》い返《かえ》していた。

——由佳《ゆか》を満足《まんぞく》させること。

そのためにクラス全体《ぜんたい》がエスカレートしていった。

オレたち以外《いがい》の生徒《せいと》たちも廊下《ろうか》で岩上《いわがみ》とすれ違《ちが》うときにわざと肩《かた》をぶつけたり、授業中《じゅぎょうちゅう》に使《つか》う道具《どうぐ》を壊《こわ》すなどした。

ほとんどが由佳《ゆか》を怖《こわ》がっていたことと、少《すこ》しでも由佳《ゆか》に満足《まんぞく》してもらおうとしてやったことだろうけれど、その中《なか》には単純《たんじゅん》にイジメを楽《たの》しんでいる連中《れんちゅう》も何人《なんにん》かいた。

実際《じっさい》に、最初《さいしょ》は由佳《ゆか》にイジメられるのが嫌《いや》で岩上《いわがみ》を追《お》い詰《つ》めていた生徒《せいと》たちも、途中《とちゅう》からはそれが当《あ》たり前《まえ》の日常《にちじょう》になってしまっていた。

オレは、たまに夢《ゆめ》を見《み》た。

他人《たにん》を攻撃《こうげき》したり、他人《たにん》に理不尽《りふじん》に接《せっ》したりしたとき、そのときの光景《こうけい》がそのまま夢《ゆめ》に出《で》てきた。
現実《げんじつ》でイジメをしているときには感《かん》じなかった、胸《むね》の中《なか》の澱《おり》を感《かん》じた。
夢《ゆめ》の中《なか》で他人《たにん》をイジメたときには、現実《げんじつ》では感《かん》じることのなかった悲《かな》しみを抱《いだ》いた。
自分《じぶん》がしていることが客観的《きゃっかんてき》に目《め》に映《うつ》り、それなのにイジメをやめることができない。
そんな板挟《いたばさ》み状態《じょうたい》の自分《じぶん》が夢《ゆめ》の中《なか》にはいた。
『もっと楽《たの》しいことしてよ』
相変《あいか》わらず岩上《いわがみ》は学校《がっこう》へ来《き》ていて、由佳《ゆか》は最近《さいきん》つねに不機嫌《ふきげん》そうだった。
新《あたら》しいイジメが見《み》つからないのがその原因《げんいん》であると、薄々《うすうす》みんな気《き》がついていた。
『き、今日《きょう》の放課後《ほうかご》カラオケでも行《い》く？』
明《あか》るく言《い》ったのは和美《かずみ》だ。
右手《みぎて》でペンケースを持《も》って歌《うた》う仕草《しぐさ》をする和美《かずみ》に、由佳《ゆか》が盛大《せいだい》なため息《いき》を吐《は》き出《だ》す。
『そういうんじゃないでしょ。ね、わかってるよね？』
顔《かお》を覗《のぞ》き込《こ》むようにそう質問《しつもん》されて、和美《かずみ》は黙《だま》り込《こ》んでしまった。
そう、由佳《ゆか》が欲《ほっ》しているの楽《たの》しいことはそんなことじゃない。
カラオケとかボーリングで得《え》られることじゃない。

誰《だれ》もがわかっていた。

『由佳《ゆか》は、岩上《いわがみ》が学校《がっこう》に来《こ》なくなれば楽《たの》しいか？』

その質問《しつもん》をしたのは進《すすむ》だった。

急《きゅう》な質問《しつもん》だったので和美《かずみ》がビクリと肩《かた》を震《ふる》わせた。

そういう質問《しつもん》は、誰《だれ》もが意識的《いしきてき》に避《さ》けてきたものだった。

『まぁ、それはそうかもね？』

机《つくえ》に肘《ひじ》をつき、その手《て》に顎《あご》を乗《の》せて答《こた》える由佳《ゆか》。

怠慢《たいまん》な表情《ひょうじょう》で進《すすむ》を見上《みあ》げた。

『でも、あいつ結構手強《けっこうてごわ》いよな』

進《すすむ》はいつもの調子《ちょうし》を絶《た》やさずに話《はなし》を続《つづ》ける。

由佳《ゆか》が醸《かも》し出《だ》す重《おも》たい空気《くうき》をものともしない。

『だからつまんないんでしょ』

由佳《ゆか》が軽《かる》く声《こえ》を荒《あら》げる。

和美《かずみ》はそれだけで黙《だま》り込《こ》んで後《あと》ずさりしてしまうけど、進《すすむ》はまっすぐに由佳《ゆか》を見《み》つめたままだ。

オレからすれば悔《くや》しいけれど、進《すすむ》は由佳《ゆか》のことを本当《ほんとう》に正面《しょうめん》から見《み》てぶつかっていると思《おも》う。

自分《じぶん》が標的《ひょうてき》にされるという恐怖心《きょうふしん》は、どこにもないように見《み》えた。

『そう言《い》われてもなぁ。俺《おれ》たちもずいぶん危《あぶ》ない橋《はし》を渡《わた》ってきたし』

『なによそれ、私《わたし》のせいとでもいいたそうだね？』

由佳《ゆか》が進《すすむ》に噛《か》みつく。

それは珍《めずら》しい構図《こうず》だった。

由佳《ゆか》も進《すすむ》にはどこか甘《あま》いところがあったけれど、今日《きょう》はそれが鳴《な》りを潜《ひそ》めている。

オレは舌《した》なめずりする気持《きも》ちで二人《ふたり》の様子《ようす》をうかがった。

進《すすむ》は由佳《ゆか》のことが好《す》きで間違《まちが》いない。

だけど、そろそろ由佳《ゆか》の傍若無人《ぼうじゃくぶじん》ぶりを止《と》めに入《はい》りたいのかもしれない。

そうだとすれば……。

進《すすむ》を出《だ》し抜《ぬ》いて行動《こうどう》することができるかもしれない。

別《べつ》にクラストップに君臨《くんりん》したいわけではなかったけど、一度《いちど》でいいから由佳《ゆか》の立場《たちば》になってみたいという気持《きも》ちはいつも持《も》っていた。

クラスを上《うえ》から見《み》おろす感覚《かんかく》は、どんなものだろうと。

それはちょっとした好奇心《こうきしん》で、それほど深《ふか》いものではなかった。

『それならオレが楽《たの》しませてやるよ』

気《き》がつけばオレはそう宣言《せんげん》していた。

ここで進《すすむ》を蹴落《けお》としておけば、自分《じぶん》が上《うえ》に上《あ》がるチャンスができる。

由佳《ゆか》は片眉《かたまゆ》を上《あ》げてなにか言《い》いたそうにオレを見《み》たけれど、結局《けっきょく》なにも言《い》わなかったのだった。


由佳《ゆか》の前《まえ》で大見得《おおみえ》を切《き》ったオレだけど、とくに手札《てふだ》があるわけではなかった。

できることと言《い》えば普段《ふだん》よりもひどい言葉《ことば》で岩上《いわがみ》を罵倒《ばとう》するとか、陰口《かげぐち》を撒《ま》き散《ち》らすことくらい。

悪《わる》い仲間《なかま》を使《つか》えば、岩上一人《いわがみひとり》くらい拘束《こうそく》して学校《がっこう》から遠《とお》ざけることもできるだろうけれど、それで由佳《ゆか》が納得《なっとく》するとは思《おも》えなかった。

由佳《ゆか》は、岩上《いわがみ》が自主的《じしゅてき》に学校《がっこう》へ来《こ》なくなることを望《のぞ》んでいるのだから。

それなら……。

ある日《ひ》の授業中《じゅぎょうちゅう》、オレは珍《めずら》しく真面目《まじめ》に授業《じゅぎょう》を受《う》けていた。

ほかの生徒《せいと》たちが担任教師《たんにんきょうし》の説明《せつめい》を一切《いっさい》聞《き》かないなか、一人《ひとり》でノートをとっている。

机《つくえ》の上《うえ》にはちゃんと教科書《きょうかしょ》や筆記用具《ひっきようぐ》も出《で》ていて、その光景《こうけい》はほかの生徒《せいと》から奇異《きい》に映《うつ》っただろう。

そのときだった。

自分《じぶん》の肘《ひじ》が当《あ》たって筆箱《ふでばこ》が音《おと》を立《た》てて落《お》ちた。

ファスナーが開《あ》けっ放《ぱな》しになっていたため、中《なか》のシャーペンや消《け》しゴムが散乱《さんらん》する。

その音《おと》に反応《はんのう》して岩上《いわがみ》が振《ふ》り向《む》いた。

『ちょっと、拾《ひろ》うのを手伝《てつだ》ってくれ』

タイミングを逃《のが》さないようにそう言《い》うと、岩上《いわがみ》は戸惑《とまど》った表情《ひょうじょう》をしながらも椅子《いす》から立《た》ち上《あ》がった。

そしてその場《ば》にしゃがみ込《こ》み、筆記用具《ひっきようぐ》に手《て》を伸《の》ばす。

あちこちに散乱《さんらん》したものを集《あつ》めるには、少《すこ》し時間《じかん》が必要《ひつよう》だった。

『ありがとう』

オレがお礼《れい》を言《い》ったのがよほど珍《めずら》しかったのか、岩上《いわがみ》が顔《かお》を上《あ》げて動《うご》きを止《と》めた。

そして照《て》れ笑《わら》いするように笑顔《えがお》を浮《う》かべて『これくらいどうってことないよ』と言《い》った、その瞬間《しゅんかん》だった。

床《ゆか》に手《て》をついていた岩上《いわがみ》の右手《みぎて》を、オレは容赦《ようしゃ》なく踏《ふ》みつけたのだ。

その次《つぎ》の瞬間《しゅんかん》には、岩上《いわがみ》の悲鳴《ひめい》が教室中《きょうしつじゅう》に響《ひび》き渡《わた》る。

さすがに生徒《せいと》たちから私語《しご》が消《き》えて、全員《ぜんいん》がこちらへ注目《ちゅうもく》していた。

オレはそれでも岩上《いわがみ》の手《て》を踏《ふ》みつけ続《つづ》けた。

何度《なんど》も何度《なんど》も足《あし》を上《あ》げては手《て》を踏《ふ》みつける。

それを見《み》ていた由佳《ゆか》が、クスッと笑《わら》ったのだった。

最終問題《さいしゅうもんだい》

痛《いた》めつけられている久貴《ひさたか》を見《み》つめていると、岩上《いわがみ》の右手《みぎて》を複雑骨折《ふくざつこっせつ》させた日《ひ》のことを思《おも》い出《だ》した。

あのとき久貴《ひさたか》がなんのお咎《とが》めもなかったのは、怯《おび》えた岩上《いわがみ》が『自分《じぶん》はドジだからケガをした』と言《い》い張《は》ったからだ。

あれだけ目撃者《もくげきしゃ》がいたけれど、みんなも口《くち》を閉《と》ざしてしまった。

ケガが原因《げんいん》で三日間《みっかかん》ほど学校《がっこう》を休《やす》んだ岩上《いわがみ》だったけれど、手《て》に包帯《ほうたい》を巻《ま》きつけた状態《じょうたい》でまた学校《がっこう》へやってきて、席《せき》に座《すわ》った。

それはもはや執念《しゅうねん》と呼《よ》べるもので、クラス全員《ぜんいん》が岩上《いわがみ》を恐《おそ》ろしいものでも見《み》るかのような目《め》で見《み》はじめていた。

さらに、私《わたし》は思《おも》い出《だ》していた。

思《おも》い出《だ》さないよう必死《ひっし》に自分《じぶん》の胸《むね》の奥底《おくそこ》に押《お》し込《こ》めていた、第二問目《だいにもんめ》のロッカーの音《おと》のことを。

ロッカーの音《おと》であれだけ反応《はんのう》してしまったのは、強《つよ》く記憶《きおく》に残《のこ》っている出来事《できごと》があったからだった。

あれは岩上《いわがみ》の手《て》が完治《かんち》したあとのことだった。

なにをしても、どうイジメても学校《がっこう》に来《き》ていた岩上《いわがみ》は、クラス内《ない》から悪魔《あくま》みたいだと言《い》われはじめていた。

悪魔《あくま》はなにがあっても決《けっ》して契約《けいやく》した人間《にんげん》から離《はな》れないから、そんなあだ名《な》がつけられたのだ。

それを面白《おもしろ》がる生徒《せいと》たちもたくさんいたけれど、私《わたし》にとっては、まったく面白《おもしろ》くないことだった。

普通《ふつう》なら鬱《うつ》になってもよさそうなことを毎日毎日《まいにちまいにち》され続《つづ》けていても、岩上《いわがみ》は早退《そうたい》すらしなかった。

そしてある日《ひ》の放課後《ほうかご》、進《すすむ》、久貴《ひさたか》、和美《かずみ》と教室《きょうしつ》を出《で》た私《わたし》だったけど、校門前《こうもんまえ》までやってきたとき忘《わす》れ物《もの》をしたことに気《き》がついた。

『先《さき》に帰《かえ》ってて』

三人《さんにん》へ声《こえ》をかけて私《わたし》は一人《ひとり》で校舎《こうしゃ》へと戻《もど》っていく。

グラウンドからは運動部《うんどうぶ》のかけ声《ごえ》が聞《き》こえてくるし、校舎《こうしゃ》からは吹奏楽部《すいそうがくぶ》の演奏《えんそう》が聞《き》こえてくる。

放課後《ほうかご》といっても、学校《がっこう》はまだまだにぎやかだった。

廊下《ろうか》を歩《ある》けば先生《せんせい》や生徒《せいと》たちとすれ違《ちが》うし、別《べつ》にどうってことのない空間《くうかん》。

そんななか自分《じぶん》のクラスに戻《もど》ると、岩上《いわがみ》がそこにいたのだ。

いったん教室《きょうしつ》から出《で》たはずの岩上《いわがみ》だけれど、今《いま》は教室後方《きょうしつこうほう》でなにか作業《さぎょう》をしていた。

開《あ》いたドアからその様子《ようす》を覗《のぞ》いてみると、教室《きょうしつ》に置《お》いてある辞書《じしょ》の、ボロボロになった背表紙《せびょうし》を立《た》ったまま修復《しゅうふく》しているのがわかった。

あんなことをしても、このクラスに辞書《じしょ》を使《つか》う生徒《せいと》なんて一人《ひとり》もいないのに。

そんなものに気《き》を配《くば》っている岩上《いわがみ》の姿《すがた》を見《み》ると、ますます腹《はら》が立《た》った。

辞書《じしょ》なんてどうでもいいはずだ。

あれだけのイジメを受《う》けておいて、どうしてそんなことができるんだ。

そんな気持《きも》ちが一気《いっき》に溢《あふ》れてきた。

岩上《いわがみ》のこのときの行動《こうどう》は、私《わたし》にとって『由佳《ゆか》たちのしていることなんて痛《いた》くも痒《かゆ》くもない』と、言《い》われているようなものだった。

私《わたし》は奥歯《おくば》を噛《か》みしめて岩上《いわがみ》を睨《にら》みつけた。

その視線《しせん》に気《き》がついた岩上《いわがみ》は手《て》を止《と》めて、こちらへ視線《しせん》を向《む》けた。

私《わたし》はすでに動《うご》き出《だ》していた。

大股《おおまた》で教室《きょうしつ》の中《なか》へ入《はい》っていくと、岩上《いわがみ》の近《ちか》くにあった掃除道具《そうじどうぐ》入れのロッカーを開《ひら》いたのだ。

そのまま岩上《いわがみ》の体《からだ》を両手《りょうて》で押《お》してロッカーへ移動《いどう》させる。

『ちょっと、なに⁉』

とっさのことで体《からだ》のバランスを崩《くず》してしまった岩上《いわがみ》は、後方《こうほう》のロッカーに倒《たお》れ込《こ》んだ。

私《わたし》は、そのまま勢《いきお》いよくバンッ！とロッカーを閉《し》めたのだ。

それだけじゃない。

近《ちか》くにあった机《つくえ》をロッカーの前《まえ》に移動《いどう》して、簡単《かんたん》には外《そと》に出《で》られないようにした。

岩上《いわがみ》はロッカーの内側《うちがわ》からバンバンと扉《とびら》を叩《たた》き、『出《だ》して！』と叫《さけ》んだ。

だけど私《わたし》は、もちろんそれを無視《むし》した。

『どうせ見《み》まわりの先生《せんせい》が来《く》るんだから、そこで待《ま》ってれば？』

私《わたし》は忘《わす》れ物《もの》のポーチを乱暴《らんぼう》に机《つくえ》から引《ひ》っ張《ぱ》り出《だ》してカバンに詰《つ》め込《こ》むと、そう言《い》い残《のこ》して教室《きょうしつ》を出《で》たのだった。

これが、私《わたし》が直接岩上《ちょくせついわがみ》へ手《て》を下《くだ》した最初《さいしょ》で最後《さいご》の出来事《できごと》だった。

あとは全部《ぜんぶ》、ほかの生徒《せいと》たちがやった。

私《わたし》を満足《まんぞく》させるために。

私《わたし》にターゲットにされないために。

教室《きょうしつ》を出《で》る寸前《すんぜん》にロッカーの中《なか》からすすり泣《な》く声《こえ》が聞《き》こえてきたけれど、私《わたし》はもちろん足《あし》を止《と》めなかった。


「はい、それでは次《つぎ》の問題《もんだい》に——」

狐面《きつねめん》の声《こえ》に、ハッと我《われ》に返《かえ》る。

そして狐面《きつねめん》が次《つぎ》の準備《じゅんび》に移《うつ》ろうとしたとき、倒《たお》れていた久貴《ひさたか》が不意《ふい》に足《あし》を振《ふ》り上《あ》げた。

久貴《ひさたか》の右足《みぎあし》はカメラを置《お》いてある三脚《さんきゃく》にぶつかり、カメラが横倒《よこだお》しになる。

「あぁっ！　なんてことするの!?」

狐面《きつねめん》が慌《あわ》ててカメラに駆《か》け寄《よ》っていく。

とっさのことで本人《ほんにん》は気《き》がついていないようだけれど、その瞬間《しゅんかん》、女性《じょせい》っぽい話《はな》し言《こと》葉《ば》が出《で》た。

やっぱり狐面《きつねめん》は岩上《いわがみ》なのか……？

進《すすむ》の体《からだ》を椅子《いす》ごと引《ひ》きずって運《はこ》んだから男《おとこ》かもしれないと思《おも》っていたけれど、またわからなくなってきてしまった。

私《わたし》は心《こころ》の中《なか》で軽《かる》く舌打《したう》ちしつつも、カメラを倒《たお》した久貴《ひさたか》を称賛《しょうさん》していた。

画面《がめん》には部屋《へや》の様子《ようす》が映《うつ》し出《だ》されているはずだし、運《うん》がよければ誰《だれ》かが助《たす》けに来《き》てくれるかもしれない。

いや、今《いま》はもうそれを期待《きたい》して待《ま》つしか道《みち》はなかった。

「なにすんだよ！」

カメラを元《もと》に戻《もど》した狐面《きつねめん》が久貴《ひさたか》の体《からだ》を踏《ふ》みつける。

久貴《ひさたか》は白目《しろめ》を向《む》いて、そのまま床《ゆか》に転《ころ》がった。

「ふんっ。余計《よけい》なことしやがって」

狐面《きつねめん》はそう言《い》いながら久貴《ひさたか》へ向《む》けて唾《つば》を吐《は》きかけると、その体《からだ》を重《おも》そうに引《ひ》きずって和美《かずみ》の横《よこ》に並《なら》べる。

二人《ふたり》とも、もう動《うご》かない。

和美《かずみ》はすでに呼吸《こきゅう》を止《と》めてしまっているかもしれないし、久貴《ひさたか》だって長《なが》く持《も》つとは思《おも》えなかった。

たった一人残《ひとりのこ》された私《わたし》の元《もと》へ、狐面《きつねめん》がゆっくりと近《ちか》づいてくる。

私《わたし》はとっさに暴《あば》れて椅子《いす》ごと横倒《よこだお》しになってしまった。

「さぁ、一番《いちばん》のお楽《たの》しみの時間《じかん》だよ」

狐面《きつねめん》がしゃがみ込《こ》んで顔《かお》を覗《のぞ》き込《こ》んでくる。

私《わたし》はイヤイヤと左右《さゆう》に首《くび》を振《ふ》るだけで、ほかの抵抗《ていこう》はなにもできなかった。

狐面《きつねめん》は、そんな私《わたし》の襟首《えりくび》を掴《つか》んで引《ひ》きずりはじめた。

それは思《おも》っていた以上《いじょう》に強《つよ》い力《ちから》で、簡単《かんたん》にカメラの前《まえ》まで移動《いどう》させられてしまった。

私《わたし》は青《あお》ざめながらカメラを睨《にら》みつけた。

「さぁて、次《つぎ》が最後《さいご》の問題《もんだい》ですよ」

狐面《きつねめん》はカメラへ向《む》けて粘《ねば》りつくような声色《こわいろ》で告《つ》げたのだった。

「今回《こんかい》で最後《さいご》の問題《もんだい》なので、ちょっと特別《とくべつ》な演出《えんしゅつ》をしようと思《おも》います」

カメラへ向《む》けて狐面《きつねめん》が言《い》う。
私《わたし》はその言葉《ことば》を聞《き》いて身悶《みもだ》えた。
進《すすむ》、和美《かずみ》、久貴《ひさたか》。
みんなへ視線《しせん》を向《む》けるけれど、誰《だれ》も動《うご》かない。
もう、三人《さんにん》とも死《し》んでしまったんだろうか。
さっきから音楽室《おんがくしつ》の中《なか》はとても静《しず》かで、そして寒々《さむざむ》しかった。
『特別《とくべつ》な演出《えんしゅつ》』と告《つ》げた狐面《きつねめん》は、再《ふたた》びカバンの中《なか》を探《さぐ》りはじめた。
あの中《なか》には、まだまだたくさんの拷問器具《ごうもんきぐ》が入《はい》っているはずだ。
いったい自分《じぶん》はどんな道具《どうぐ》で拷問《ごうもん》を受《う》けるのだろうかと考《かんが》えると、背筋《せすじ》が冷《つめ》たくなる。
けれど、岩上《いわがみ》イジメをしたことは後悔《こうかい》していなかった。
あいつには、のうのうと生《い》きている資格《しかく》なんてない。
それは今《いま》でもはっきりと断言《だんげん》できることだった。
久貴《ひさたか》と進《すすむ》が、どうしてそんなに岩上《いわがみ》のことを嫌《きら》うのか質問《しつもん》してきたことがある。
だけどその質問《しつもん》の答《こた》えはすべて濁《にご》してきた。
いくら友人《ゆうじん》でも、簡単《かんたん》に説明《せつめい》できることではなかったからだ。

私《わたし》は岩上《いわがみ》イジメのためだけにクラスのトップに君臨《くんりん》していた……といっても過言《かごん》ではなかった。

私《わたし》にとって岩上《いわがみ》イジメは生活《せいかつ》の一部《いちぶ》であり、最後《さいご》までやり遂《と》げる目標《もくひょう》でもあった。

きっと、こんな気持《きも》ちを理解《りかい》してくれる人《ひと》なんていない。

この世《よ》でたった一人《ひとり》、孤独《こどく》に戦《たたか》っている気持《きも》ちだった。

なにかを探《さが》していた狐面《きつねめん》が戻《もど》ってきたとき、その手《て》には木製《もくせい》の箱《はこ》があった。

「これを使《つか》います！」

その道具《どうぐ》はクイズには関係《かんけい》ないようで、画面《がめん》に見《み》せて視聴者《しちょうしゃ》たちの反応《はんのう》を楽《たの》しんでいる。

「この箱《はこ》は、こういうふうに穴《あな》が開《あ》いていて、それで半分開《はんぶんひら》くようになっています」

狐面《きつねめん》は画面《がめん》へ向《む》けて箱《はこ》の説明《せつめい》をする。

その説明《せつめい》を聞《き》いている間《あいだ》に顔《かお》から血《ち》の気《け》が引《ひ》いてきた。

その箱《はこ》はちょうど頭一《あたまひと》つが入《はい》るほどの大《おお》きさだ。

狐面《きつねめん》がそれを持《も》って近《ちか》づいてきた。

必死《ひっし》に身《み》をよじって逃《に》げようとするけれど、すぐに捕《つか》まってしまった。

狐面《きつねめん》は箱《はこ》を開《あ》けると私《わたし》の頭《あたま》にそれをかぶせたのだ。

突然訪《とつぜんおとず》れた暗闇《くらやみ》に私《わたし》は暴《あば》れる。

それでもおかまいなしに箱《はこ》は閉《と》じられ、鍵《かぎ》がかかる音《おと》がした。

箱《はこ》の開閉場所《かいへいばしょ》にロックがかかるように細工《さいく》されていたのだ。

「うーうー!!」

今《いま》までは自由《じゆう》と声《こえ》を奪《うば》われていても周囲《しゅうい》を見《み》ることができた。

視界《しかい》は鮮明《せんめい》だった。

それすら奪《うば》われてしまった私《わたし》は、パニックに陥《おちい》りかけていた。

足《あし》をバタバタと上下《じょうげ》に揺《ゆ》らして音《おと》を立《た》てて抗議《こうぎ》する。

けれど狐面《きつねめん》は、それも無視《むし》した。

「それでは参《まい》ります! ラスト問題《もんだい》です!」

そう宣言《せんげん》した次《つぎ》の瞬間《しゅんかん》、腹部《ふくぶ》に激《はげ》しい痛《いた》みが襲《おそ》った。

痛《いた》みに目《め》の前《まえ》がチカチカ光《ひか》っている間《あいだ》に、今度《こんど》は足《あし》に痛《いた》みが走《はし》った。

自分《じぶん》の体《からだ》は狐面《きつねめん》に蹴《け》られたり踏《ふ》みつけられたりしているらしいと気《き》がついたときには、腕《うで》に痛《いた》みが走《はし》った。

いつ、どこに攻撃《こうげき》を受《う》けるかわからない状態《じょうたい》に目《め》に涙《なみだ》が滲《にじ》んだ。

どれだけもがいてみても、攻撃《こうげき》は止《と》まらない。

ほかの三人《さんにん》のときみたいに器具《きぐ》を使《つか》うことはないようだけれど、そのぶん時間《じかん》をかけてじっくりと攻撃《こうげき》しているのがわかった。

音《おと》を鳴《な》らす時間《じかん》は十秒《じゅうびょう》だとルール説明《せつめい》で言《い》っていたけれど、もうその約束《やくそく》も守《まも》られてはいなかった。

息《いき》をつく暇《ひま》もなく訪《おとず》れる痛《いた》みに、箱《はこ》の中《なか》で何度《なんど》も嗚咽《おえつ》を漏《も》らす。

涙《なみだ》が頬《ほお》を伝《つた》ってガムテープに染《し》み込《こ》んでいく。

狐面《きつねめん》はそれに気《き》がつかずに攻撃《こうげき》を続《つづ》け、こらえきれなくなったように笑《わら》いはじめた。

「くっ……ふふふふっ！」

笑《わら》いながら、今度《こんど》は私《わたし》の手《て》を踏《ふ》みつける。

けれどその痛《いた》みは私《わたし》にとって幸《さいわ》いでもあった。

涙《なみだ》が流《なが》れるままにしておくと、口《くち》に貼《は》られたガムテープの粘着力《ねんちゃくりょく》は薄《うす》れていく。

やがてそれは、口《くち》からゆっくりと剥《は》がれていったのだ。

「助《たす》けて!!」

ガムテープが剥《は》がれると同時《どうじ》に叫《さけ》んだ。

声《こえ》の限《かぎ》りに、絶対《ぜったい》に外《そと》に届《とど》けてやるという力《ちから》を込《こ》めて。

その声《こえ》に狐面《きつねめん》は、さすがにたじろいだ。

涙《なみだ》や汗《あせ》でガムテープが緩《ゆる》むことは想定《そうてい》していなかったのだろう。

さらに私《わたし》の頭《あたま》には、手製《てせい》の箱《はこ》が取《と》りつけられている。

再《ふたた》び口《くち》を塞《ふさ》ぐためには、この箱《はこ》を取《と》らないといけなかった。

だけど、そうすると叫《さけ》び声《ごえ》は外《そと》へ聞《き》こえ漏《も》れてしまうことになる。

音楽室《おんがくしつ》を選《えら》んだのは防音《ぼうおん》がしっかりしているからだろうけど、今《いま》のように大《おお》きな声《こえ》を出《だ》されるとさすがに外《そと》まで聞《き》こえてしまう。

「お願《ねが》い助《たす》けて！　誰《だれ》か来《き》て！」

箱《はこ》の中《なか》でくぐもった悲鳴《ひめい》を続《つづ》ける私《わたし》に、狐面《きつねめん》の舌打《したう》ちが聞《き》こえてきた。

配信中《はいしんちゅう》の画面《がめん》にも、きっと【なんだなんだ？】【獲物《えもの》の悲鳴《ひめい》が聞《き》こえてきた！】【もしかしてトラブってる？】などとコメントが書《か》き込《こ》まれていることだろう。

狐面《きつねめん》が立《た》て続《つづ》けに舌打《したう》ちする音《おと》が聞《き》こえてきた。

このままではゲームが台無《だいな》しになってしまうからか、狐面《きつねめん》からの攻撃《こうげき》は完全《かんぜん》に止《と》まっていた。
その間《あいだ》にも、私《わたし》は叫《さけ》び続《つづ》けた。
「違《ちが》う。このくらいのこと想定内《そうていない》。トラブルなんかじゃない」
狐面《きつねめん》が一人《ひとり》で呟《つぶや》く。
そうすることで、自分自身《じぶんじしん》を落《お》ちつかせようとしているのかもしれない。
このまま叫《さけ》び続《つづ》ければきっと、狐面《きつねめん》を弱《よわ》らせることができる！
そう思《おも》ったけれど、叫《さけ》び続《つづ》けることにも限界《げんかい》がある。
私《わたし》は何度《なんど》も喉《のど》を詰《つ》まらせて「ゴホッゴホッ」と咳《せ》き込《こ》んだ。
苦《くる》しくて涙《なみだ》が滲《にじ》んでくる。
それでも叫《さけ》ばなきゃ。
これ以上《いじょう》、狐面《きつねめん》の自由《じゆう》になんかさせない！
そう思《おも》ったときだった。
狐面《きつねめん》が動《うご》いた気配《けはい》を感《かん》じた。
空気《くうき》が動《うご》き、ビクリと体《からだ》を震《ふる》わせる。
今度《こんど》はなにをされるのだろうか。

蹴《け》られる？　殴《なぐ》られる？

そんな心配《しんぱい》をしていたけれど、狐面《きつねめん》はどうやら機材《きざい》が置《お》いてあるほうへと近《ちか》づいていったみたいだ。

「今《いま》さらなにをするつもり？」

枯《か》れた声《こえ》で質問《しつもん》すると、息《いき》を吸《す》い込《こ》む音《おと》が聞《き》こえてきた。

狐面《きつねめん》が私《わたし》の質問《しつもん》に答《こた》えようとしているのだと思《おも》ったけれど、返事《へんじ》はなかった。

「この動画《どうが》を見《み》ているのはどうせあんたの仲間《なかま》だけ。一万人《いちまんにん》なんて嘘《うそ》、全部見《ぜんぶみ》せかけなんでしょう？」

返事《へんじ》はないけれど話《はな》しかけ続《つづ》けた。

狐面《きつねめん》にとっては、触《ふ》れてほしくないところを突《つ》いたつもりだった。

だけど少《すこ》しの沈黙《ちんもく》のあと、我慢《がまん》しきれなくなったかのように「プッ」と吹《ふ》き出《だ》す声《こえ》が聞《き》こえてきた。

「ふはは っ！　そのとおり、最初《さいしょ》から視聴者《しちょうしゃ》なんてほとんどいない。だけどそれがなに？　そんなの関係《かんけい》ないことだから」

狐面《きつねめん》の言葉《ことば》に私《わたし》は箱《はこ》の中《なか》で奥歯《おくば》を噛《か》みしめた。

狐面《きつねめん》の目的《もくてき》が復讐《ふくしゅう》なら、たしかに視聴者数《しちょうしゃすう》なんて関係《かんけい》ない。

こんなまわりくどいことをしなくたって、私《わたし》たちの個人情報《こじんじょうほう》や合成写真《ごうせいしゃしん》をバラ撒《ま》くことくらいはできたはずだ。

でもそうしなかったのは、簡単《かんたん》には許《ゆる》すつもりがないからだ。

足音《あしおと》が近《ちか》づいてきたかと思《おも》うと、頭《あたま》に被《かぶ》せられた箱《はこ》を思《おも》いっきり蹴《け》られた。

ガンッという衝撃《しょうげき》と、轟音《ごうおん》が箱《はこ》の中《なか》に響《ひび》く。

「だからもう、すべてを晒《さら》してあげる。堀川由佳《ほりかわゆか》という悪魔《あくま》みたいな人間《にんげん》を、みんなに見《み》てもらおうよ」

「ちょっと、待《ま》って！」

私《わたし》の声《こえ》なんて聞《き》こえないかのように狐面《きつねめん》がまた遠《とお》ざかり、そして決意《けつい》したように宣言《せんげん》した。

「ではみなさん。ここでサプラーイズ！　最後《さいご》のクイズということで、ちょっとお話《はなし》を聞《き》いてみましょう！」

ガタガタと音《おと》がしたかと思《おも》うと、また箱《はこ》を強《つよ》く蹴《け》られた。

「キャー!!」

耳《みみ》を塞《ふさ》ぎたいけれど、それもできずにただ叫《さけ》ぶ。

私《わたし》の悲鳴《ひめい》を聞《き》いた視聴者《しちょうしゃ》たちは、きっと大盛《おおも》り上《あ》がりしていることだろう。

「元気《げんき》な声《こえ》が聞《き》こえてきますねぇ。じゃあ、これならどうかな？」

狐面《きつねめん》が試《ため》すように言《い》った直後《ちょくご》、激《はげ》しい痛《いた》みを腹部《ふくぶ》に感《かん》じた。

思《おも》いっきり蹴《け》られたのだ。

「ぐっ」

くぐもった声《こえ》が漏《も》れて苦痛《くつう》に奥歯《おくば》を噛《か》みしめる。

「案外大人《あんがいおとな》しいね？　もしかして気絶《きぜつ》した？」

その質問《しつもん》のあとに、また箱《はこ》を蹴《け》られる。

「もう、やめて！」

泣《な》きながら叫《さけ》ぶと、狐面《きつねめん》が近《ちか》くに座《すわ》り込《こ》むのがわかった。

思《おも》わず身《み》が固《かた》くなる。

けれど狐面《きつねめん》は箱《はこ》に鍵《かぎ》を差《さ》し込《こ》んだようで、カチッと音《おと》がすると暗闇《くらやみ》の中《なか》に光《ひかり》が差《さ》し込《こ》んだ。

「さて、せっかくだからイジメの主犯格《しゅはんかく》の顔《かお》を、みなさまにも見《み》てもらいましょう！」

顔《かお》から箱《はこ》が外《はず》された瞬間《しゅんかん》、カメラがあった。

涙《なみだ》とよだれと鼻水《はなみず》でひどい顔《かお》になっていることはわかっているけど、カメラを睨《にら》みつけずにはいられなかった。

「堀川由佳《ほりかわゆか》さんです！」

狐面《きつねめん》が紹介《しょうかい》するなか、私《わたし》はギリギリと奥歯《おくば》を噛《か》みしめた。

「せっかく話《はなし》ができる状態《じょうたい》なので、どうしてイジメをしているのか質問《しつもん》してみましょう」

私《わたし》は唇《くちびる》を引《ひ》き結《むす》んで黙《だま》り込《こ》んだ。

誰《だれ》が答《こた》えてやるもんか。

答《こた》えれば、狐面《きつねめん》とその仲間《なかま》が喜《よろこ》ぶだけだ。
黙《だま》り込《こ》んでいたら、また腹部《ふくぶ》を蹴《け》りつけられた。
「さぁ、説明《せつめい》してください？」
狐面《きつねめん》が、やけに穏《おだ》やかな声《こえ》で質問《しつもん》を繰《く》り返《かえ》す。
このままでは本当《ほんとう》に殺《ころ》される。
そう判断《はんだん》した私《わたし》は、ゆっくりと口《くち》を開《ひら》いたのだった。

苦《にが》い記憶《きおく》

それは私《わたし》が中学一年生《ちゅうがくいちねんせい》のころだった。

私《わたし》はやっと着慣《きな》れてきた制服《せいふく》を着《き》て、とある斎場《さいじょう》に来《き》ていた。

周囲《しゅうい》には喪服姿《もふくすがた》の大人《おとな》たちが集《あつ》まっていて、それだけで息《いき》が詰《つ》まりそうな空間《くうかん》だった。

さらに私《わたし》を追《お》い詰《つ》めていたのは、この葬儀《そうぎ》がイトコの葬儀《そうぎ》だということだった。

イトコの昂輝《こうき》は大学生《だいがくせい》で教育学部《きょういくがくぶ》に通《かよ》っていたことから、私《わたし》は週《しゅう》に一度《いちど》勉強《べんきょう》を教《おそ》わっていた。

『由佳《ゆか》はのみ込《こ》みは早《はや》いけど、応用《おうよう》が利《き》かないなぁ』

そう言《い》われたことが何度《なんど》もある。

特《とく》に苦手《にがて》な数学《すうがく》は基本的《きほんてき》な問題《もんだい》はできるものの、それを応用《おうよう》した問題《もんだい》がからっきしだめだった。

『数学《すうがく》なんてできなくても中学《ちゅうがく》に入学《にゅうがく》できたし』

それが勉強中《べんきょうちゅう》の私《わたし》の口癖《くちぐせ》だった。

実際《じっさい》に狙《ねら》っていた中学《ちゅうがく》に入学《にゅうがく》できていたし、本当《ほんとう》は家庭教師《かていきょうし》なんてやってもらう必要《ひつよう》もないと思《おも》っていた。

そんな私《わたし》が黙《だま》って昂輝《こうき》の言《い》うとおりに勉強《べんきょう》を続《つづ》けていたのは、大学生《だいがくせい》になった昂輝《こうき》が大人《おとな》っぽく変身《へんしん》していたからだった。

家《いえ》が近《ちか》くてもそう頻繁《ひんぱん》に合《あ》うことのなかったイトコが、いつの間《ま》にか大人《おとな》になっていた。

それは中学生《ちゅうがくせい》になった私《わたし》からすれば、ちょっとだけ衝撃的《しょうげきてき》なことだったのだ。

『昂輝兄《こうきにい》ちゃん、大学《だいがく》でモテるでしょ？』

『なに言《い》ってんだ。ませガキが』

私《わたし》がなにを言《い》っても相手《あいて》にはされなかったけれど、家庭教師《かていきょうし》の時間《じかん》だけは昂輝《こうき》の時間《じかん》を独占《どくせん》できることに喜《よろこ》びを感《かん》じた。

『あ～あ、昂輝兄《こうきにい》ちゃんがこんなにかっこよくなるなら、小学生《しょうがくせい》のころに告《こく》っておけばよかったかなぁ』

『由佳《ゆか》、なに恐《おそ》ろしいこと言《い》ってんだよ』

昂輝《こうき》はこちらの言葉《ことば》にたじろいで顔《かお》を赤《あか》くすることもあって、そんなところもかわいくて好《す》きだった。

だけど、一応分別《いちおうふんべつ》はつけているつもりだった。

年齢的《ねんれいてき》にはそれほど離《はな》れていないかもしれないけれど、世間的《せけんてき》に見《み》れば十分大人《じゅうぶんおとな》と子《こ》どもだ。

昂輝《こうき》にとって悪《わる》い噂《うわさ》が立《た》つようなことはしたくなかった。

それでも、徐々《じょじょ》に芽生《めば》えはじめた恋心《こいごころ》を止《と》めることは難《むずか》しかった。

週《しゅう》に一度《いちど》の家庭教師《かていきょうし》の時間《じかん》が楽《たの》しみで、勉強《べんきょう》もおしゃれも頑張《がんば》るようになった。

勉強《べんきょう》を頑張《がんば》るのは昂輝《こうき》に褒《ほ》めてもらいたいから。

おしゃれを頑張《がんば》るのは、昂輝《こうき》から少《すこ》しでも大人《おとな》の女性《じょせい》として見《み》られたいからだ。

そんな気持《きも》ちに、昂輝《こうき》が気《き》がついていたかどうかはわからない。

気《き》がついていたとしても、気《き》がついていないふりをしていたかもしれない。

『ちょっと、ごめん』

昂輝《こうき》は、授業《じゅぎょう》の最中《さいちゅう》に電話《でんわ》が鳴《な》って何度《なんど》か席《せき》を外《はず》したことがある。

そのときのほころんだ表情《ひょうじょう》や声色《こわいろ》で、なんとなく彼女《かのじょ》とか、好《す》きな人《ひと》からの連絡《れんらく》なんだろうなということは予測《よそく》がついた。

その電話《でんわ》に出《で》るときには必《かなら》ず部屋《へや》から出《で》て、私《わたし》に聞《き》こえないように小《ちい》さな声《こえ》で話《はなし》をしてすぐに戻《もど》ってくる。

きっと『今《いま》、バイト中《ちゅう》だからかけ直《なお》す』とか、そういう内容《ないよう》を伝《つた》えているんだと思《おも》う。

すべてはなんとなくの憶測《おくそく》だけだったけれど、ある日《ひ》電話《でんわ》の相手《あいて》が誰《だれ》であるか気《き》になって仕方《しかた》なくなった。

自分《じぶん》が昂輝《こうき》への気持《きも》ちを押《お》し込《こ》めていることの原因《げんいん》の一《ひと》つが、その電話《でんわ》だったからだ。

電話《でんわ》がなければ、あるいは自分《じぶん》の気持《きも》ちを昂輝《こうき》へ伝《つた》えていたかもしれない。

『電話《でんわ》だ。ちょっと、ごめん』

その日《ひ》も、いつもと同《おな》じように昂輝《こうき》のスマホに電話《でんわ》がかかってきた。

その電話《でんわ》の相手《あいて》は今日《きょう》が家庭《かてい》教師《きょうし》の日《ひ》だとわかっていて、わざとかけてきているような感《かん》じもする。

相手《あいて》は昂輝《こうき》の家庭《かてい》教師《きょうし》の生徒《せいと》が女子《じょし》であると知《し》り、警戒《けいかい》してそんなことをしてきているのかもしれない。

そう思《おも》うと腹《はら》が立《た》った。

自分《じぶん》と昂輝《こうき》が二人《ふたり》きりになれる時間《じかん》はここしかないのに、それを邪魔《じゃま》されているのだと感《かん》じた。

だから、スマホを片手《かたて》に部屋《へや》から出《で》ていった昂輝《こうき》のすぐあとを追《お》いかけたのだ。

ドアに耳《みみ》をくっつけると、廊下《ろうか》で話《はな》している声《こえ》がかろうじて聞《き》こえてくる。

そのなかで昂輝《こうき》は、「イズミ」と相手《あいて》の名前《なまえ》を呼《よ》んでいるのが聞《き》こえてきた。

——イズミ。

それは男性《だんせい》にも女性《じょせい》にもつけられる名前《なまえ》だったし、名字《みょうじ》である可能性《かのうせい》もある。

紛《まぎ》らわしい名前《なまえ》にイライラしながらも、きっと女性《じょせい》の名前《なまえ》で間違《まちが》いないとあたりをつけた。

『今《いま》、バイト中《ちゅう》なんだよ』

昂輝《こうき》がそう説明《せつめい》している声《こえ》はとても優《やさ》しくて、聞《き》いたことのないたぐいのものだった。

その声《こえ》は大切《たいせつ》な女性《じょせい》だけに向《む》けられる特別《とくべつ》な声《こえ》で、私《わたし》の胸《むね》の奥《おく》がチクリと痛《いた》んだ。

だからドアから離《はな》れるのが遅《おく》れてしまった。

その場《ば》にぼーっと立《た》ったままだった私《わたし》の目《め》の前《まえ》でドアが開《あ》いて、昂輝《こうき》が驚《おどろ》いた表情《ひょうじょう》を見《み》せた。

『なんだよ、立《た》ち聞《ぎ》きか？』

『ご、ごめん。相手《あいて》が誰《だれ》なのか気《き》になって』

私《わたし》は正直《しょうじき》に謝《あやま》ったけれど、昂輝《こうき》は別《べつ》に怒《おこ》っている様子《ようす》ではなかった。

むしろ恋人《こいびと》との会話《かいわ》を聞《き》かれて恥《は》ずかしかったのか、頬《ほお》が赤《あか》くなっている。

『もしかして彼女《かのじょ》からの電話《でんわ》？』

茶化《ちゃか》すように訪《たず》ねてみると昂輝《こうき》は『誰《だれ》だっていいだろ』と、はぐらかして机《つくえ》に向《む》かう。

『ねぇ、彼女《かのじょ》の名前《なまえ》を教《おし》えてよ。名字《みょうじ》だけでいいから』

昂輝《こうき》の背中《せなか》を追《お》いかけて、移動《いどう》しながらさらに食《く》い下《さ》がる。

『イズミ』というのが名前《なまえ》だとすれば、あとは名字《みょうじ》がわかれば相手《あいて》のフルネームがわかることになる。

フルネームを知《し》ってなにをしようとか、そんなことは考《かんが》えていなかった。

ただ、気《き》になっただけだった。

『名字《みょうじ》はイワガミ、イワガミだよ』

昂輝《こうき》はそう答《こた》えたのだった……。

それからの授業《じゅぎょう》で、昂輝《こうき》はたまに彼女《かのじょ》のことを話《はな》してくれるようになった。

きっと、昂輝《こうき》も自分《じぶん》から彼女《かのじょ》の話《はなし》をしたかったんだろう。

勉強《べんきょう》の休憩時間《きゅうけいじかん》に彼女《かのじょ》について質問《しつもん》すると、ほとんど答《こた》えてくれるようになった。

『彼女《かのじょ》も同《おな》じ教師志望《きょうししぼう》なんだ。将来的《しょうらいてき》には同《おな》じ教壇《きょうだん》に立《た》てるかもしれない』

昂輝《こうき》はうれしそうにそう話《はな》してくれた。

『へえ、頭《あたま》のいいカップルなんだ』

『頭《あたま》がいいかどうかはわからないけど、教師《きょうし》を目指《めざ》せる程度《ていど》ではあるかな』

その鼻《はな》にかけた言《い》い方《かた》に、私《わたし》は膨《ふく》れっ面《つら》をした。

どうせ自分《じぶん》はそこまで賢《かしこ》くありませんよーと、おどけて舌《した》を出《だ》す。

『由佳《ゆか》だって、これから教師《きょうし》を狙《ねら》えるかもしれないぞ。頑張《がんば》って勉強《べんきょう》して、人《ひと》に教《おし》えられるくらいになれば』

『それってどれだけ勉強《べんきょう》が必要《ひつよう》なのよ～』

私《わたし》はうんざりして机《つくえ》に突《つ》っ伏《ぷ》した。

正直《しょうじき》、週一度《しゅういちど》の家庭教師《かていきょうし》の勉強《べんきょう》だけでもう十分《じゅうぶん》だった。

勉強《べんきょう》なんて、しなくていいならしたくないものの一《ひと》つだった。

きっと、教師《きょうし》とか、学者《がくしゃ》とか、なんか偉《えら》い人《ひと》になる人《ひと》たちっていうのは勉強《べんきょう》が苦《く》にならない、特別《とくべつ》な人《ひと》たちなんだと思《おも》っている。

残念《ざんねん》ながら自分《じぶん》は凡人《ぼんじん》で、勉強《べんきょう》は嫌《きら》いだった。

『ほら、勉強再開《べんきょうさいかい》するぞ』

『はぁい……』

私《わたし》は見《み》たことのない『イワガミイズミ』という女性《じょせい》に思《おも》いを馳《は》せながら、テキストへ視線《しせん》を落《お》としたのだった。


今日《きょう》も家庭教師《かていきょうし》の授業《じゅぎょう》があるはずだった。

私《わたし》は机《つくえ》の上《うえ》にテキストを出《だ》して、昂輝《こうき》が来《く》るのを待《ま》っていた。

『今日《きょう》は遅《おそ》いわねぇ』

昂輝《こうき》はいつも五分前《ごふんまえ》には私《わたし》の家《いえ》へやってくる。

時間《じかん》ちょうどになっても姿《すがた》を見《み》せない昂輝《こうき》に、リビングにいた母親《ははおや》は心配《しんぱい》そうに時計《とけい》に視線《しせん》を向《む》けた。

『ちょっとくらい遅刻《ちこく》することだってあるでしょ』

私《わたし》にとって遅刻《ちこく》は別《べつ》に珍《めずら》しいものじゃなかった。

自分《じぶん》が学校《がっこう》で授業《じゅぎょう》に遅《おく》れることはしょっちゅうだったし、それに関《かん》して咎《とが》められても別《べつ》になんとも感《かん》じない。

『昂輝《こうき》くんはあんたとは違《ちが》うでしょ。ちょっと連絡《れんらく》してみるわね』

母親《ははおや》に一蹴《いっしゅう》されて膨《ふく》れっ面《つら》を作《つく》る。

たしかに、昂輝《こうき》の生真面目《きまじめ》な性格《せいかく》からすると、なんの連絡《れんらく》もなく遅刻《ちこく》するのはありえないかもしれない。

だとすれば、なにか大変《たいへん》なことが起《お》きているんじゃないか？

そんな気《き》がして、今度《こんど》はすぐに不安《ふあん》になってきた。

このとき、自分《じぶん》の気持《きも》ちが昂輝《こうき》の言動《げんどう》に左右《さゆう》されていることに気《き》がついて、苦笑《にがわら》いを浮《う》かべた。

どれだけ昂輝《こうき》のことが好《す》きなんだろう。

心《こころ》の中《なか》で自分《じぶん》へ向《む》けてツッコミを入《い》れる。

今《いま》までなら好《す》きな人《ひと》に彼女《かのじょ》がいたり、好《す》きな子《こ》がいたりすれば自然《しぜん》と気持《きも》ちは消《き》えていっていた。

だけど今回《こんかい》は少《すこ》し違《ちが》うみたいだ。

昂輝《こうき》に彼女《かのじょ》がいるとわかってからも、気持《きも》ちは変《か》わることがなかった。

むしろ加速《かそく》していると言《い》ってもいいかもしれない。

いつか自分《じぶん》も大人《おとな》になって、昂輝《こうき》がそのときフリーだったら可能性《かのうせい》はあるかもしれない。

そんな、遠《とお》いような、近《ちか》いような未来《みらい》のことまで夢見《ゆめみ》ていた。

『おかしいわね、連絡《れんらく》が取《と》れないわ』

昂輝《こうき》のスマホに直接連絡《ちょくせつれんらく》を入《い》れていた母親《ははおや》が、眉間《みけん》にシワを寄《よ》せて呟《つぶや》いた。

『家《いえ》に連絡《れんらく》は？』

『してみるわね』

短《みじか》く答《こた》えてすぐにスマホを操作《そうさ》して、昂輝《こうき》の実家《じっか》へ連絡《れんらく》を入《い》れる。

昂輝《こうき》はもともと実家暮《じっかぐ》らしを続《つづ》けているので、なにかあればこちらにも情報《じょうほう》が来《く》るはずだった。

『あ、もしもし？　そう、私《わたし》。今日《きょう》は家庭教師《かていきょうし》を頼《たの》んでた日《ひ》なんだけど、昂輝《こうき》くんはもう家《いえ》を出《で》たの？』

どうやら実家《じっか》には誰《だれ》かがいたようで、話《はなし》が進《すす》んでいる。

けれど、母親《ははおや》の表情《ひょうじょう》はすぐに険《けわ》しくなった。

『え？　今病院《いまびょういん》？　なにがあったの？』

病院《びょういん》という単語《たんご》に私《わたし》は腰《こし》を上《あ》げた。

それってどういうこと？

視線《しせん》だけで母親《ははおや》に問《と》いかける。

『交通事故《こうつうじこ》？　大丈夫《だいじょうぶ》なの？　そう、そうなのね……』

一分《いっぷん》ほど会話《かいわ》が続《つづ》いて電話《でんわ》が切《き》れた瞬間《しゅんかん》に、私《わたし》は母親《ははおや》に『事故《じこ》ってなに⁉』と質問《しつもん》していた。

さっきから嫌《いや》な予感《よかん》で心臓《しんぞう》が早鐘《はやがね》を打《う》ち、背中《せなか》に汗《あせ》が流《なが》れている。

『落《お》ちついて聞《き》いてね。昂輝《こうき》くん、今日《きょう》の昼《ひる》すぎに交通事故《こうつうじこ》に遭《あ》ったんだって。それで今《いま》病院《びょういん》にいるんだって』

交通事故《こうつうじこ》。

病院《びょういん》。

その単語《たんご》が頭《あたま》の中《なか》をグルグルとまわる。

『昼《ひる》すぎってなに？　今《いま》はもう五時《ごじ》だよ？　どうして連絡《れんらく》が来《こ》なかったの？』

もっと早《はや》くにわかっていれば、病院《びょういん》に駆《か》けつけていたのに。

『落《お》ちつきなさいってば。今《いま》、昂輝《こうき》くんはとても危険《きけん》な状態《じょうたい》なんだって。みんな仕事《しごと》で家《いえ》にいなくて連絡《れんらく》がつかなかったのよ』

『危険《きけん》な状態《じょうたい》……？』

頭《あたま》の中《なか》は真《ま》っ白《しろ》に染《そ》まる。

今日《きょう》の昼《ひる》すぎに昂輝《こうき》は交通事故《こうつうじこ》に遭《あ》った。

しかも、今《いま》とても危険《きけん》な状態《じょうたい》。

それはわかっているはずなのに、追《お》いついていかない。

『病院《びょういん》に……行《い》かなきゃ』

呆然《ぼうぜん》とするなかで、それだけ呟《つぶや》いたのだった。

だけど結局《けっきょく》、病院《びょういん》へ行《い》くことはできなかった。

出《で》かける準備《じゅんび》をしている間《あいだ》にだんだんと取《と》り乱《みだ》してしまい、そんな状態《じょうたい》で病院《びょういん》へ行《い》っても迷惑《めいわく》になるだけだからと、母親《ははおや》に押《お》しとどめられたのだ。

それからはずっと泣《な》き通《どお》しだった。
どうして事故《じこ》に遭《あ》ったのか、今昂輝《いまこうき》はどんな状態《じょうたい》にあるのか。
なにもわからないままで不安《ふあん》で仕方《しかた》がなかった。
私《わたし》が無理《むり》やりベッドに入《はい》らされたのは、深夜一時《しんやいちじ》を過《す》ぎたところだった。
昂輝《こうき》の家族《かぞく》から連絡《れんらく》があればすぐに起《お》こすことを約束《やくそく》して、いったんは眠《ねむ》りについた。
そして昂輝《こうき》の家族《かぞく》からよくない連絡《れんらく》が来《き》たのは、翌日《よくじつ》の朝《あさ》のことだった……。
『昂輝《こうき》くん、デート中《ちゅう》だったんだって』
昂輝《こうき》の葬儀中《そうぎちゅう》、誰《だれ》か知《し》らない男女《だんじょ》がひそひそと話《はなし》をしている。
大学《だいがく》の友人《ゆうじん》とか、先輩《せんぱい》や後輩《こうはい》かもしれない。
『聞《き》いたよ。車《くるま》でデート中《ちゅう》に、横《よこ》からトラックに突《つ》っ込《こ》まれたって……』
その言葉《ことば》に私《わたし》は彼《かれ》らに視線《しせん》を向《む》けた。
デートをしていなければ事故《じこ》は起《お》きなかった？
昂輝《こうき》の事故《じこ》は彼女《かのじょ》のせいで起《お》こった。
イワガミイズミという見《み》たことのない女《おんな》のせいで起《お》きた。
ポッカリと穴《あな》の開《あ》いた胸《むね》に、ふつふつと怒《いか》りが沸《わ》き起《お》こってくる。

イワガミイズミ。

イワガミイズミ。

イワガミイズミ――。

絶対《ぜったい》に忘《わす》れないために名前《なまえ》を何度《なんど》も呟《つぶや》いた。

イワガミイズミが、昴輝《こうき》を殺《ころ》したんだ！


イワガミイズミ。

その名前《なまえ》を刻《きざ》み込《こ》んだまま、私《わたし》は中学二年生《ちゅうがくにねんせい》になった。

今《いま》でも昴輝《こうき》のことを思《おも》い出《だ》して胸《むね》が苦《くる》しくなる。

何人《なんにん》かの男子生徒《だんしせいと》たちから告白《こくはく》されたけれど、付《つ》き合《あ》う気《き》にはなれなくて断《ことわ》り続《つづ》けていた。

勉強《べんきょう》もほとんど手《て》につかない。

とくに、昴輝《こうき》が得意《とくい》としていた数学《すうがく》の授業中《じゅぎょうちゅう》は苦痛《くつう》だった。

なにをしていても昂輝《こうき》のことを思《おも》い出《だ》す。

昂輝《こうき》が死《し》んでから半年以上《はんとしいじょう》が経過《けいか》していたけれど、私《わたし》の生活《せいかつ》はいまだに昂輝一色《こうきいっしょく》で染《そ》められていた。

『由佳《ゆか》』

そんなとき、人懐《ひとなつ》っこい笑顔《えがお》で話《はな》しかけてきたのは進《すすむ》だった。

この人《ひと》、誰《だれ》だっけ？

一年生《いちねんせい》のころに何度《なんど》か会話《かいわ》したことがあるような気《き》がしたけれど、あまり覚《おぼ》えていなかった。

だけど相手《あいて》は自分《じぶん》のことを名前《なまえ》で呼《よ》んでくるから、きっと仲《なか》がよかったんだろう。

そう思《おも》って私《わたし》は笑顔《えがお》で対応《たいおう》した。

といっても、その笑顔《えがお》は表面《ひょうめん》だけのものだ。

心《こころ》からの笑顔《えがお》なんて、あの日以来《ひいらい》なくしてしまったし、取《と》り戻《もど》したいとも思《おも》っていなかった。

『これから一年間《いちねんかん》よろしくな』

そう言《い》って手《て》を差《さ》し出《だ》されたから、なんとなく握《にぎ》り返《かえ》した。

人《ひと》の体温《たいおん》なんて久《ひさ》しぶりに感《かん》じて少《すこ》しびっくりしたけれど、それだけだった。
私《わたし》の心《こころ》には〝無《む》〟が続《つづ》いていた。
あの日《ひ》からずっと続《つづ》く〝無《む》〟。
その中《なか》にかすかに見《み》えるのは小《ちい》さな炎《ほのお》だった。
葬儀《そうぎ》のときに聞《き》いた話《はなし》は忘《わす》れていない。
あのときに感《かん》じた強《つよ》い怒《いか》りが、〝無《む》〟の中《なか》に炎《ほのお》として存在《そんざい》している。
なにもない中《なか》に彩《いろど》りを添《そ》える唯一《ゆいいつ》の存在《そんざい》だった。
それがあるから今日《きょう》も生《い》きている、といっても過言《かごん》ではなかったかもしれない。
そして、二年生《にねんせい》になってすぐのことだった。
『今日《きょう》からよろしくお願《ねが》いします。岩上泉《いわがみいずみ》です』
担任《たんにん》の横《よこ》に立《た》って挨拶《あいさつ》する女《おんな》の名前《なまえ》に私《わたし》は目《め》を見開《みひら》いた。

岩上泉《いわがみいずみ》。

その名前《なまえ》は絶対《ぜったい》に忘《わす》れないと誓《ちか》った名前《なまえ》だった。

その人《ひと》が今自分《いまじぶん》の目《め》の前《まえ》にいる。

まさか、憎《にく》い相手《あいて》が自分《じぶん》と同《おな》い年《どし》だったなんて。

私《わたし》は昂輝《こうき》のことを考《かんが》えて決《けっ》して告白《こくはく》しなかったのに。

岩上《いわがみ》は長《なが》い髪《かみ》の毛《け》を一《ひと》つにまとめて、銀色《ぎんいろ》のメガネの奥《おく》の目《め》でクラスを見《み》まわしている。

胸《むね》の中《なか》にある怒《いか》りの炎《ほのお》は、ひときわ大《おお》きく燃《も》え上《あ》がった。

だけど、やっと会《あ》えた。

イワガミイズミ……岩上泉《いわがみいずみ》にようやく会《あ》えた。

しかも、こんなに近《ちか》くに来《く》るなんて思《おも》ってもいなかった。

これは神様《かみさま》がくれた自分《じぶん》へのサプライズだ。

好《す》きな人《ひと》を失《うしな》った自分《じぶん》を見《み》て、かわいそうだからとくれたプレゼントだ。

私《わたし》は自然《しぜん》と口角《こうかく》を上《あ》げて笑《わら》っていた。

岩上《いわがみ》をジッと見《み》つめる。

穴《あな》が開《あ》くほどに見《み》つめる。

岩上《いわがみ》も視線《しせん》に気《き》がついてこちらを見《み》た。

岩上《いわがみ》は、かすかに笑《え》みを見《み》せて小首《こくび》をかしげる。

その余裕《よゆう》そうな表情《ひょうじょう》に、また怒《いか》りの炎《ほのお》に木《き》がくべられた。
そうやって笑《わら》っていられるのは今《いま》のうちだけだ。
お前《まえ》は昂輝《こうき》を殺《ころ》した。
昂輝《こうき》の、教師《きょうし》になりたいという夢《ゆめ》ごと奪《うば》い取《と》った。
それなのに、お前《まえ》がのうのうと生《い》きていられると思《おも》うなよ。
潰《つぶ》してやる。
岩上《いわがみ》をこの手《て》で潰《つぶ》してやる！

最悪《さいあく》の思《おも》い違《ちが》い

「私《わたし》は自分《じぶん》のしたことが間違《まちが》っていたなんて思《おも》ってない」

すべてを語《かた》り終《お》えた私《わたし》は岩上《いわがみ》を睨《にら》み上《あ》げた。

自分《じぶん》がしたことを正当化《せいとうか》する気《き》はないけれど、昂輝《こうき》のために復讐《ふくしゅう》したことは後悔《こうかい》していない。

むしろ、悪《わる》い相手《あいて》が目《め》の前《まえ》にいるのに指《ゆび》をくわえて見《み》ているだけなんて、私《わたし》にはできなかった。

「そう。あなたの話《はなし》はよくわかりました」

狐面《きつねめん》が、うんうんと頷《うなず》いている。

「好《す》きな人《ひと》が死《し》んだのは悲《かな》しいことですね」

「あんたのせいで死《し》んだんじゃん！」

私《わたし》は力《ちから》の限《かぎ》り叫《さけ》ぶ。

だけど、外《そと》に声《こえ》が聞《き》こえるようにとか、そんなことは考《かんが》えていなかった。

目《め》の前《まえ》にいる狐面《きつねめん》が許《ゆる》せないという気持《きも》ちからの叫《さけ》びだった。

「私《わたし》も大切《たいせつ》な人《ひと》を失《うしな》ったことがあります。あのときは本当《ほんとう》に、目《め》の前《まえ》が真《ま》っ白《しろ》になりました」

狐面《きつねめん》が、ゆっくりと私《わたし》のまわりを歩《ある》きはじめる。

それは挑発《ちょうはつ》するような動《うご》きで、私《わたし》はなおさら険《けわ》しい表情《ひょうじょう》を狐面《きつねめん》へ向《む》けた。

「それって昂輝《こうき》のことでしょ。あんたが殺《ころ》したくせに！」

吐《は》き捨《す》てる私《わたし》を見《み》おろす狐面《きつねめん》。

「あはは！　骨《ほね》を何本《なんほん》が折《お》っているのに威勢《いせい》がいいですねぇ」

狐面《きつねめん》にそう言《い》われて、ようやく痛《いた》みが戻《もど》ってくる。

さっきまでは昂輝《こうき》のことや強《つよ》い怒《いか》りを思《おも》い出《だ》して、少《すこ》しの間忘《あいだわす》れてしまっていた。

だけど一度思《いちどおも》い出《だ》すと、もうだめだった。

全身《ぜんしん》に痛《いた》みが駆《か》け巡《めぐ》り、いったい体《からだ》のどこが痛《いた》いのかもわからなくなってくる。

それくらい、体《からだ》はボロボロになっていた。

きっと、今音楽室《いまおんがくしつ》から出《で》ることができたとしても、走《はし》って逃《に》げることはできないだろう。

「ところで、私《わたし》の大切《たいせつ》な人《ひと》ですが……それは昂輝《こうき》くんではありませんよ？」

狐面《きつねめん》が私《わたし》を見《み》おろし、低《ひく》い声《こえ》で言《い》う。

え……？

私《わたし》は大《おお》きく目《め》を見開《みひら》いて狐面《きつねめん》を見返《みかえ》した。

お面《めん》の奥《おく》の目《め》が私《わたし》を射抜《いぬ》く。

「う、嘘《うそ》でしょ。そんなこと言《い》って私《わたし》を混乱《こんらん》させる気《き》なんでしょ！」

狐面《きつねめん》はその問《と》いかけに返事《へんじ》をせず、カバンへと移動《いどう》した。

またなにか拷問器具《ごうもんきぐ》が出《で》てくるのだろうか。

背中《せなか》に冷《つめ》たい汗《あせ》が流《なが》れ続《つづ》ける。

それは服《ふく》を濡《ぬ》らして染《し》み込《こ》んでいく。

「これを見《み》てください」

狐面《きつねめん》がカメラへ向《む》けて一枚《いちまい》の紙《かみ》を見《み》せた。

けれど、こちらからではそれがなにか確認《かくにん》することができない。

進《すすむ》のときと同《おな》じで、合成写真《ごうせいしゃしん》でも作《つく》られていたんだろうか。

今《いま》、自分《じぶん》の個人情報《こじんじょうほう》がどんどん書《か》き込《こ》まれたり、しているのだろうか。

「あぁ、あなたにも見《み》てもらいましょうか」

狐面《きつねめん》が振《ふ》り向《む》いた。
そして、しゃがみ込《こ》んで私《わたし》の目《め》の前《まえ》に紙《かみ》をかざす。
それは一枚《いちまい》の写真《しゃしん》だった。
二人《ふたり》の女性《じょせい》が仲良《なかよ》さそうに並《なら》んで立《た》っている。
銀縁《ぎんぶち》メガネをかけているほうは岩上《いわがみ》で間違《まちが》いない。
もう一人《ひとり》は誰《だれ》だろう。
わからないけれど、岩上《いわがみ》にそっくりな顔《かお》で黒縁《くろぶち》メガネをかけている。
二人《ふたり》には身長差《しんちょうさ》があり、姉妹《しまい》なのだろうとわかった。
私《わたし》はその写真《しゃしん》に目《め》が釘《くぎ》づけになった。
なかなか視線《しせん》を離《はな》すことができない。

「こっちが私《わたし》。こっちは高校生《こうこうせい》の姉《あね》」

黒縁《くろぶち》メガネのほうを指差《ゆびさ》して岩上《いわがみ》が説明《せつめい》する。

でも、それがどうしたというのだろう。

今回《こんかい》の事件《じけん》とはなにも関係《かんけい》ないはずだ。

「姉《あね》の名前《なまえ》は水澄《みすみ》。しっかり聞《き》いてください。姉《あね》は水澄《みすみ》と言《い》います」

狐面《きつねめん》が立《た》ち上《あ》がり、また私《わたし》を見《み》おろす体勢《たいせい》になった。

「みすみ……」

私《わたし》は声《こえ》に出《だ》して呟《つぶや》いた。

瞬間《しゅんかん》、嫌《いや》な予感《よかん》が体《からだ》の芯《しん》を貫《つらぬ》く。

『泉《いずみ》』

『水澄《みすみ》』

それはよく似《に》た言葉《ことば》だった。

ドアごしに聞《き》いた昂輝《こうき》の声《こえ》だけでは、どちらか判断《はんだん》することが難《むずか》しいかもしれない。

あのときもし『水澄《みすみ》』と声《こえ》をかけていたとしても、『泉《いずみ》』と聞《き》こえていたかもしれない。

名前《なまえ》としてポピュラーなのは『泉《いずみ》』のほうだから、勝手《かって》にそうだと思《おも》い込《こ》んだかもしれない。

イワガミイズミ。

絶対《ぜったい》に忘《わす》れてはいけないその名前《なまえ》が、最初《さいしょ》から間違《まちが》っていたとしたら？

私《わたし》は自分《じぶん》でも知《し》らない間《あいだ》にカチカチと歯《は》を鳴《な》らしていた。

さっきから恐怖《きょうふ》に勝《か》てず、全身《ぜんしん》が震《ふる》えている。

「水澄《みすみ》お姉《ねえ》ちゃんは、さっきあなたの話《はなし》に出《で》てきた昂輝《こうき》くんと付《つ》き合《あ》っていました」

ドクンッ。心臓《しんぞう》が大《おお》きく脈《みゃく》打つ。

そのまま止《と》まってしまうんじゃないかと思《おも》うほどの衝撃《しょうげき》が走《はし》る。

「う……そ……」

喉《のど》がカラカラに乾《かわ》いて声《こえ》が張《は》りついた。

見開《みひら》かれたままの目《め》が乾燥《かんそう》して視界《しかい》がボヤける。

それでも私《わたし》は、まばたきもできないまま狐面《きつねめん》を見上《みあ》げていた。

「さっきも言《い》いましたが、私《わたし》の大切《たいせつ》な人《ひと》は死《し》にました。水澄《みすみ》お姉《ねえ》ちゃんは……昂輝《こうき》くんが事故死《じこし》したとき、一緒《いっしょ》に命《いのち》を落《お》としました」

私《わたし》の頭《あたま》の上《うえ》に雷《かみなり》が落《お》ちたような衝撃《しょうげき》に襲《おそ》われる。

ゴロゴロと稲光《いなびかり》がして脳天《のうてん》に落雷《らくらい》する。

嘘《うそ》だ。そんなの嘘《うそ》だ。

なにか言《い》いたいのに声《こえ》が出《で》ない。

反論《はんろん》したいのに、口《くち》をパクパクさせるだけでなにも言《い》えない。

「その顔《かお》、とっても面白《おもしろ》いですね」

狐面《きつねめん》がクスクスと笑《わら》う。

それを見《み》ても、もうなにも感《かん》じなかった。

悔《くや》しいとか、悲《かな》しいとか、痛《いた》みすらもまた消《き》えていた。

昂輝《こうき》の彼女《かのじょ》は岩上泉《いわがみいずみ》ではなかった。

その事実《じじつ》だけが体《からだ》にのしかかってくる。

昂輝《こうき》に彼女《かのじょ》の名前《なまえ》を聞《き》いたとき、名字《みょうじ》だけとは言《い》わずにフルネームを聞《き》いておくべきだった。

あれ以来《いらい》、昂輝《こうき》は彼女《かのじょ》についていろいろ話《はなし》をしてくれたから、もっと詳細《しょうさい》を聞《き》いておくべきだった。

そんな後悔《こうかい》ばかりが浮《う》かんでは消《き》えていく。

「信《しん》じていないかもしれないので、これも持《も》ってきました」

狐面《きつねめん》がまたカバンの中《なか》を探《さぐ》る。

今度《こんど》取《と》り出《だ》したのは地方《ちほう》の新聞記事《しんぶんきじ》だった。

「これです」

狐面《きつねめん》が小《ち》さく載《の》った記事《きじ》を私《わたし》に見《み》せつける。

【交通事故《こうつうじこ》で十代女性《じゅうだいじょせい》と二十代男性《にじゅうだいだんせい》死亡《しぼう》】

そう書《か》かれた記事《きじ》はとても短《みじか》くて、いつ、どこで、どのような事故《じこ》が起《お》こったか、というこどだけが簡潔《かんけつ》に書《か》かれていた。

だけどその日付《ひづけ》を見《み》て目《め》を見開《みひら》いた。

それは、昂輝《こうき》が事故《じこ》を起《お》こしたのと同《おな》じ日付《ひづけ》になっていたからだ。

なくなったのは岩上水澄《いわがみみすみ》。

昂輝《こうき》が運転《うんてん》していた車《くるま》の助手席《じょしゅせき》に乗《の》っていたらしい。

「こんなの……こんな記事《きじ》、私《わたし》は知《し》らない」

震《ふる》える声《こえ》で呟《つぶや》く。

「当然《とうぜん》でしょう？　あなたは昂輝《こうき》くんが死《し》んだことがショックでずっとなにもできなかったんですから。この日《ひ》、私《わたし》も一緒《いっしょ》に出《で》かけて後部座席《こうぶざせき》にいました。同乗者《どうじょうしゃ》がいたってニュースにもなったはずだけど、それも覚《おぼ》えてないんですよね」

狐面《きつねめん》が見下《みくだ》すような声色《こわいろ》で言《い》った。

私《わたし》はまだ放心状態《ほうしんじょうたい》にあり、たとえどこかで事故《じこ》の記事《きじ》を見聞《みき》きしていたとしても、記憶《きおく》にはとどめておけなかっただろう。

「私《わたし》は目《め》の前《まえ》で、お姉《ねえ》ちゃんとその恋人《こいびと》が死《し》ぬのを見《み》ました！　それがどれだけ辛《つら》いことだか、わかりますか？　自分一人《じぶんひとり》だけ生《い》き残《のこ》ってしまって、どんなに気《き》まずかったか。それが原因《げんいん》で転校《てんこう》してきたけれど私《わたし》に平穏《へいおん》は訪《おとず》れませんでした。転校先《てんこうさき》で突然《とつぜん》イジメまではじまって、もう人生《じんせい》のどん底《そこ》。それからあなたがどうしてイジメをするのかわからなくて、少し調べさせてもらいました」

狐面《きつねめん》が新聞記事《しんぶんきじ》をカバンに戻《もど》しながら言《い》う。

「それで大方《おおかた》のことはわかりました。この子《こ》、勘違《かんちが》いしてるんだって」

カバンから手《て》が引《ひ》き抜《ぬ》かれたとき、そこには黒《くろ》くて四角《しかく》いものが握《にぎ》りしめられていた。

スタンガンだ！

進《すす》のときに使《つか》われたものだから、すぐにそれがなにかわかった。

狐面《きつねめん》はこちらへ移動《いどう》しながら、わざとスタンガンを**バチバチ**と鳴《な》らす。

「や、やめて……」

青《あお》ざめて左右《さゆう》に首《くび》を振《ふ》っても、狐面《きつねめん》はまっすぐにこちらへやってきた。

ここで私《わたし》を殺《ころ》してすべてはおしまいになる。

そんな雰囲気《ふんいき》があった。

「イジメられるのは辛《つら》かったけれど、この学校《がっこう》にいればあなたのアドレスも簡単《かんたん》に手《て》に入《い》れることができた。今回《こんかい》の動画配信《どうがはいしん》の宣伝《せんでん》メールを送《おく》ることもね。学校《がっこう》の鍵《かぎ》だってそう。合鍵《あいかぎ》なんて、好《す》きなだけ作《つく》り放題《ほうだい》。どれだけ休《やす》みたくても、これの準備《じゅんび》のために絶対《ぜったい》に休《やす》まなかった」

これだけの器具《きぐ》を準備《じゅんび》しているのだから、ずいぶんと時間《じかん》をかけて計画《けいかく》していたに違《ちが》いない。

そう思《おも》うと私《わたし》の体《からだ》に冷《つめ》たいものが走《はし》り抜《ぬ》けた。

岩上《いわがみ》は本気《ほんき》だ。

本気《ほんき》で、ここで全員《ぜんいん》を殺《ころ》すつもりで計画《けいかく》してきたのだ。

そんなことにも気《き》がつかずに毎日《まいにち》イジメをしてきた自分《じぶん》。

今《いま》さら悔《く》やんでも、もう遅《おそ》い。

「水澄《みすみ》お姉《ねえ》ちゃんが死《し》んでとても悲《かな》しかった。だけど、一《ひと》つだけよかったと思《おも》うこともある。それはね……」

狐面《きつねめん》が大《おお》きく息《いき》を吐《は》き出《だ》す。

「お姉《ねえ》ちゃんが、あんたに出会《であ》うことなく死《し》んだこと」

スタンガンが頬《ほお》に押《お》しつけられて、炸裂《さくれつ》する。

バチバチ!と激《はげ》しい音《おと》が響《ひび》くと同時《どうじ》に、刺《さ》すような痛《いた》みを感《かん》じて悲鳴《ひめい》を上《あ》げた。

「あぁ、やっぱり声《こえ》を聞《き》けたほうが楽《たの》しかったかなぁ?」

私《わたし》は必死《ひっし》に奥歯《おくば》を食《く》いしばり、痛《いた》みが消《き》えるのを待《ま》った。

気絶《きぜつ》するほどの痛《いた》みじゃないのは、きっと狐面《きつねめん》が拷問《ごうもん》を楽《たの》しむために強度《きょうど》を調節《ちょうせつ》しているからだろう。

「殺《ころ》すなら……早《はや》く殺《ころ》してよ!」

私《わたし》は力《ちから》の限《かぎ》り叫《さけ》んだ。

このままなぶるように殺《ころ》されるくらいなら、一息《ひといき》に殺《ころ》してくれたほうがマシだ。

だけど狐面《きつねめん》は左右《さゆう》に首《くび》を振《ふ》った。

「そんなもったいないこと、すると思《おも》う？」

小首《こくび》をかしげて、バカにしたような声色《こわいろ》で質問《しつもん》する。

「あんたは散々人《さんざんひと》を苦《くる》しめたでしょう？　知《し》らない人間《にんげん》を使《つか》ってまで！」

突然声《とつぜんこえ》が荒《あら》くなり、また腹部《ふくぶ》を踏《ふ》みつけにされた。

個人情報《こじんじょうほう》を流出《りゅうしゅつ》したとき、やはり岩上《いわがみ》はイジメ被害《ひがい》に遭《あ》っていたのだ。

「それなら……もう学校《がっこう》に来《く》るのをやめたらよかったのに！」

「はぁ？　なんでこっちがお前《まえ》のために学校生活《がっこうせいかつ》を諦《あきら》めなきゃなんねんだよ」

狐面《きつねめん》が面《めん》の下《した》で笑《わら》う。

「それに、今回《こんかい》はそのときの犯人《はんにん》たちも視聴者《しちょうしゃ》の中《なか》にいる。今回《こんかい》のために道具《どうぐ》も貸《か》してくれた」

その言葉《ことば》にギョッとしてカメラを見《み》つめた。

まさか、あのときの三人組《さんにんぐみ》まで岩上《いわがみ》の味方《みかた》になっていたなんて。

「さぁて、今回《こんかい》はどういうふうに殺《ころ》してあげようかなぁ？」

狐面《きつねめん》が視聴者《しちょうしゃ》に質問《しつもん》しながら武器《ぶき》を選《えら》ぶ。

【首切断《くびせつだん》！】

【頭《あたま》をかち割《わ》ってほしい】

【全身切《ぜんしんき》り刻《きざ》んでやれば？】

そんな残酷《ざんこく》な書《か》き込《こ》みが当然《とうぜん》のように流《なが》れ続《つづ》ける。

「最後《さいご》は派手《はで》にいこうかぁ」

狐面《きつねめん》がカバンの中《なか》からハンマーを取《と》り出《だ》した。

重《おも》たいのか、少《すこ》しよろけている。

私《わたし》は這《は》いずって必死《ひっし》に逃《に》げようとした。

だけど、簡単《かんたん》に捕《つか》まって引《ひ》き戻《もど》されてしまう。

「はい。顔《かお》を見《み》せてね？」

うつ伏《ぶ》せになって這《は》いずっていた私《わたし》の顔《かお》がしっかり見《み》えるように、狐面《きつねめん》が移動《いどう》させる。

仰向《あおむ》けになった体《からだ》の上《うえ》に狐面《きつねめん》がまたがった。

体《からだ》の重《おも》みをかけられて顔《かお》をしかめる。

「う～ん、まずは顔《かお》の右半分《みぎはんぶん》から行《い》こうかな？」

わざとハンマーの位置《いち》を顔《かお》の中心《ちゅうしん》からずらしている。

「そんなことせずに……さっさと殺《ころ》してよ！」

叫《さけ》ぶ私《わたし》を見《み》おろして狐面《きつねめん》はまた笑《わら》う。

ボイスチェンジャーで変《か》えられた声《こえ》は、いつまでも慣《な》れない不気味《ぶきみ》な笑《わら》い声《ごえ》を上《あ》げる。

「じゃ、いっきまぁす！」

煽《あお》るように言《い》って狐面《きつねめん》がハンマーを振《ふ》り上《あ》げる。

私《わたし》は、きつく目《め》を閉《と》じた。

狐面《きつねめん》は、もはや音声《おんせい》だけの配信《はいしん》をやめてしまっている。

私《わたし》の顔面《がんめん》がぐちゃぐちゃになる様子《ようす》が、すべて見《み》られることになる。

いや、もともと狐面《きつねめん》はそのつもりでいたのだろう。

私《わたし》たち四人《よにん》だけを騙《だま》してここへ誘導《ゆうどう》することができれば、あとの配信《はいしん》は音《おと》だけでなくても構《かま》わなくなる。

いつ襲《おそ》ってくるかわからない痛《いた》みを覚悟《かくご》して、奥歯《おくば》を噛《か》みしめた。

そんなことをしてもほとんど無意味《むいみ》なことはわかっているけれど、そうしていないと恐怖《きょうふ》で泣《な》きわめいてしまいそうだった。

でも、いくら待《ま》っても痛《いた》みは襲《おそ》ってこなかった。

数秒《すうびょう》が経過《けいか》してゆっくりと目《め》を開《あ》けると、そこには進《すすむ》の姿《すがた》があったのだ。

深《ふか》く頬《ほお》を切《き》られた進《すすむ》は青《あお》ざめていたけれど、両手足《りょうてあし》の拘束《こうそく》を自分《じぶん》でほどいて狐面《きつねめん》の持《も》つハンマーを両手《りょうて》で押《お》さえていたのだ。

「進《すすむ》!?」

「由佳《ゆか》……は、早《はや》く……逃《に》げろ!」

進《すすむ》の声《こえ》にようやく我《われ》に返《かえ》った。

私《わたし》は力《ちから》づくで狐面《きつねめん》の体《からだ》を押《お》しのけると、這《は》いずってどうにかそばから離《はな》れることができた。

ここにきて、進《すすむ》だけが死《し》ぬようなケガを負《お》っていなかったことに気《き》がついた。

手足《てあし》の拘束《こうそく》が解《ほど》けているということは、死《し》んだふりをして逃《に》げるタイミングをうかがっていたのだろう。

「離《はな》せ!」

狐面《きつねめん》が叫《さけ》ぶけど、進《すすむ》はその手《て》を離《はな》さなかった。

「もういい加減《かげん》にしろ。お前《まえ》はもう終《お》わりだ」

進《すすむ》はそう言《い》うと重《おも》たいハンマーを奪《うば》い取《と》り、横《よこ》に投《な》げた。

そして狐《きつね》の面《めん》を剥《は》ぎ取《と》ったのだ。

「あ……」

狐面《きつねめん》の下《した》から現《あらわ》れた岩上《いわがみ》が、愕然《がくぜん》とした表情《ひょうじょう》で進《すすむ》を見《み》つめる。

やっぱり、狐面《きつねめん》の配信者《はいしんしゃ》は岩上泉《いわがみいずみ》だったのだ。

身長《しんちょう》はシークレットブーツなどで誤魔化《ごまか》していたんだろう。

「なんで……なんで止《と》めるの!?」

ボイスチェンジャーは狐面《きつねめん》に取《と》りつけられていたようで、その声《こえ》は岩上《いわがみ》のそれに戻《もど》っていた。

ひどく震《ふる》えてしゃがれている。

「これ以上《いじょう》、罪《つみ》を重《かさ》ねてほしくない。俺《おれ》は岩上《いわがみ》の味方《みかた》だから」

私《わたし》は進《すすむ》の言葉《ことば》に自分《じぶん》の耳《みみ》を疑《うたが》った。

今《いま》、俺《おれ》は岩上《いわがみ》の味方《みかた》って言《い》った……？

拘束《こうそく》されたまま転《ころ》がっている私《わたし》へ、進《すすむ》は視線《しせん》を向《む》けた。

「由佳《ゆか》ごめん。俺《おれ》、由佳《ゆか》たちをずっと騙《だま》してた……」

狐面《きつねめん》の正体《しょうたい》【進《すすむ》side】

それは、今日《きょう》の放課後《ほうかご》、教室にスマホを忘れたことに気《き》づき、一人《ひとり》で取《と》りに教室《きょうしつ》へ戻《もど》ったときのことだった。

教室内《きょうしつない》にはもう誰《だれ》もいないと思《おも》ってドアを開《あ》けたとき、席《せき》に座《すわ》っている岩上《いわがみ》に気《き》がついた。

『なんだ、まだいたのか』

俺《おれ》は小声《こごえ》で呟《つぶや》いて自分《じぶん》の席《せき》へと向《む》かう。

そのまま忘《わす》れものを取《と》って、すぐに由佳《ゆか》たちの元《もと》へ戻《もど》るはずだった。

でも……。

教室《きょうしつ》から出《で》ようとしたとき、岩上《いわがみ》の様子《ようす》がおかしいことに気《き》がついて足《あし》を止《と》めた。

岩上《いわがみ》はさっきから俺《おれ》の存在《そんざい》に気《き》がついていないようで、席《せき》に座《すわ》ったままうつむいてブツブツとなにかを呟《つぶや》いている。

なにを呟《つぶや》いているのか気《き》になって、耳《みみ》を近《ちか》づけた。

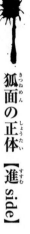

『絶対《ぜったい》に許《ゆる》さない絶対《ぜったい》に許《ゆる》さない絶対《ぜったい》に許《ゆる》さない絶対《ぜったい》に許《ゆる》さない絶対《ぜったい》に許《ゆる》さない絶対《ぜったい》に許《ゆる》さない絶対《ぜったい》に許《ゆる》さない絶対《ぜったい》に許《ゆる》さない絶対《ぜったい》に許《ゆる》さない絶対《ぜったい》に許《ゆる》さない絶対《ぜったい》に許《ゆる》さない』

聞《き》いた瞬間《しゅんかん》、ゾッとした。

由佳《ゆか》たちが散々《さんざん》イジメてきているから、ついにおかしくなってしまったのだろうと思《おも》った。

申《もう》し訳《わけ》ない気持《きも》ちが湧《わ》いてくるが、これで明日《あした》からは岩上《いわがみ》は学校《がっこう》に来《こ》なくなるはずだと思《おも》うと、安堵《あんど》した気持《きも》ちにもなった。

イジメがなくなれば、由佳《ゆか》だってもう少《すこ》しは落《お》ちつくはずだ。

俺《おれ》はなにも見《み》なかったことにして教室《きょうしつ》を出《で》ようとした。

そのときだった。

突然《とつぜん》伸《の》びてきた岩上《いわがみ》の手《て》が、肩《かた》を掴《つか》んだのだ。

『ひっ！』

思《おも》わず声《こえ》が漏《も》れてしまう。

岩上《いわがみ》が乱《みだ》れた前髪《まえがみ》の隙間《すきま》から、こちらをジッと見《み》つめていた。

『な、なんだよ？』
鼓動《こどう》は早鐘《はやがね》を打《う》っていたけれど、それを悟《さと》られないように懸命《けんめい》に感情《かんじょう》を押《お》し殺《ころ》した。
『ちょっと……手伝《てつだ》ってくれない？』
『は？　手伝《てつだ》う？』
冗談《じょうだん》じゃない。
俺《おれ》は由佳《ゆか》たちを待《ま》たせているんだ。
『悪《わる》いけど急《いそ》いでるんだ』
早口《はやくち》に言《い》って教室《きょうしつ》を出《で》ようとすると、素早《すばや》い動《うご》きで行《い》く手《て》を塞《ふさ》がれた。
今《いま》までこんな俊敏《しゅんびん》な動《うご》きをする岩上《いわがみ》を見《み》たことがなくて、一瞬《いっしゅん》たじろいでしまった。
そうしているすきに太《ふと》ももに痛《いた》みが走《はし》り抜《ぬ》けて、俺《おれ》はその場《ば》にしゃがみこんでいた。
『痛《いた》っ……』
顔《かお》をしかめて太《ふと》ももを確認《かくにん》するけど、とくになにも異変《いへん》は見《み》られない。
蜂《はち》にでも刺《さ》されたかと勘《かん》ぐっていたとき、耳元《みみもと》でバチバチと音《おと》がして視線《しせん》を向《む》けた。
そこにあったのは岩上《いわがみ》が握《にぎ》りしめているスタンガンだったのだ。
とっさに横《よこ》っ飛《と》びに逃《に》げて目《め》を見開《みひら》く。

『本当《ほんとう》は自分一人《じぶんひとり》でするつもりだったの。でもやっぱり、協力者《きょうりょくしゃ》が居《い》たほうがいいから』

『な、なんの話《はなし》だよ？』

その間《あいだ》にも、岩上《いわがみ》は俺《おれ》の目《め》の前《まえ》でスタンガンを弄《もてあそ》ぶ。

ときどきバチバチと青《あお》い火花《ひばな》を散《ち》らすスタンガンに、俺《おれ》はすっかり怯《おび》えていた。

またあの痛《いた》みを経験《けいけん》するかもしれないと思《おも》うと、今《いま》はおとなしくしておいたほうが懸命《けんめい》だと思《おも》えた。

『今日《きょう》の夜《よる》、配信《はいしん》するの。だからね……』

それから岩上《いわがみ》は、仲間《なかま》を夜《よる》の校舎《こうしゃ》へ誘導《ゆうどう》することを命《めい》じてきた。

『手伝《てつだ》ってくれれば、痛《いた》いことはもうしないよ』

『こ、断《ことわ》ったら？』

そう聞《き》くと、岩上《いわがみ》はまたスタンガンを太《ふと》ももに押《お》し当《あ》ててきた。

さっきの余韻《よいん》が残《のこ》っていた場所《ばしょ》にさらに押《お》しつけられたため、立《た》っていられなくなってしゃがみ込《こ》む。

『手伝《てつだ》ってくれればキミだけは助《たす》ける。約束《やくそく》する』

そう言《い》うから、俺《おれ》は承諾《しょうだく》するよりほかなかった。

もしもこのときに断《ことわ》っていれば、その時点《じてん》で殺《ころ》されていただろう。

ただ、当然《とうぜん》ながら嫌《いや》な予感《よかん》はしていた。

岩上《いわがみ》は今《いま》普通《ふつう》じゃない。

みんなを呼《よ》び出《だ》して、なにをしでかすかわかったものではなかった。

いざとなれば力《ちから》づくでも止《と》めに入《はい》るつもりでいた。

岩上《いわがみ》一人《ひとり》なら、勝《か》てる自信《じしん》があったから。

だけど、その岩上《いわがみ》は想像《そうぞう》を超《こ》えてきたのだ。

まさか最初《さいしょ》から拘束《こうそく》されるなんて、思《おも》ってもいなかった——。


「大丈夫《だいじょうぶ》だよ。復讐《ふくしゅう》はもう終《お》わりにしよう」

拘束《こうそく》から抜《ぬ》け出した俺《おれ》は説得《せっとく》するような口調《くちょう》で告《つ》げながら、岩上《いわがみ》の体《からだ》を抱《だ》きしめる。

狐面《きつねめん》が落《お》ちてしまった岩上《いわがみ》は、されるがままになっていた。

「でも、まだ残《のこ》ってる。キミは助《たす》ける約束《やくそく》をしたけれど主犯格《しゅはんかく》が残《のこ》ってる!!」

岩上《いわがみ》の視線《しせん》が由佳《ゆか》へ向《む》く。

由佳《ゆか》はビクリと体《からだ》を跳《は》ねさせて、「わ、私《わたし》のせいじゃない」と震《ふる》える声《こえ》で弁明《べんめい》した。

だけど、それは逆効果《ぎゃくこうか》だった。

誰《だれ》がどう見《み》ても、由佳《ゆか》がイジメの主犯格《しゅはんかく》だった。

さらにはただの勘違《かんちが》いから暴走《ぼうそう》してしまっている。

これでは岩上《いわがみ》が由佳《ゆか》を許《ゆる》すはずもなかった。

「これ以上《いじょう》、岩上《いわがみ》が手《て》を汚《よご》す必要《ひつよう》はない」

俺《おれ》はそう言《い》うと、岩上《いわがみ》が準備《じゅんび》したカバンの中《なか》に手《て》を入《い》れた。

岩上《いわがみ》は止《と》めようとしない。

呆然《ぼうぜん》とした目《め》で俺《おれ》を見《み》つめているばかりだ。

【バカ、なにしてんだ！】

【止《と》めないと、武器《ぶき》を奪《うば》われちゃうでしょ！】

そんなコメントが流《なが》れていることにも気《き》がついていなかった。

今日《きょう》の放課後《ほうかご》に俺《おれ》を呼《よ》び止《と》めて味方《みかた》につけたときから、少《すこ》しの気《き》の緩《ゆる》みがあったことはたしかだった。

でもそれだけじゃない。

俺《おれ》はイジメグループの一人《ひとり》だったが、俺《おれ》が由佳《ゆか》を制御《せいぎょ》していることを岩上《いわがみ》は見抜《みぬ》いていたのだ。

俺《おれ》が近《ちか》くにいるとき、由佳《ゆか》は比較的《ひかくてき》静《しず》かになる。

「クラス内《ない》でたった一人《ひとり》。キミだけはいつも私《わたし》の味方《みかた》をしてくれた」

岩上《いわがみ》の呟《つぶや》きを聞《き》いて、俺《おれ》は一瞬《いっしゅん》眉間《みけん》にシワを寄《よ》せた。

けれど振《ふ》り返《かえ》らずにカバンの中《なか》を確《たし》かめる。

中《なか》には、想像《そうぞう》していた以上《いじょう》のさまざまな道具《どうぐ》が入《い》れられていた。

なにに使《つか》うかわからないようなものまである。

「す、進《すすむ》、お願《ねが》い。助《たす》けて……」

か細《ぼそ》い声《こえ》を上《あ》げたのは由佳《ゆか》だった。

その声《こえ》に思《おも》わず振《ふ》り返《かえ》って確認《かくにん》しそうになる。

だけど心《こころ》を鬼《おに》にして軽《かる》く鼻《はな》で笑《わら》ってみせた。

「俺《おれ》は別《べつ》に、誰《だれ》かを助《たす》けたいわけじゃない」

脱出《だっしゅつ》からの逃走《とうそう》

『俺《おれ》は別《べつ》に、誰《だれ》かを助《たす》けたいわけじゃない』

助《たす》けてくれると思《おも》っていた進《すすむ》に冷《つめ》たい声色《こわいろ》でそう言《い》い放《はな》たれた私《わたし》は、絶望的《ぜつぼうてき》な表情《ひょうじょう》で彼《かれ》の後《うし》ろ姿《すがた》を見《み》つめた。

ハンマーを振《ふ》りおろされて殺《ころ》されそうになったところを助《たす》けてくれたのに、どうしてそんな言《い》い方《かた》をするんだろうと。

「なんで……じゃあなんで……助《たす》けたりしたの！」

怒《いか》りと恐怖《きょうふ》で声《こえ》が震《ふる》えて止《と》まらない。

進《すすむ》が敵《てき》なのか味方《みかた》なのかの判断《はんだん》がつかなくなった。

岩上《いわがみ》の味方《みかた》をしていたというのは本当《ほんとう》なのか問《と》い詰《つ》めたかったけれど、恐怖《きょうふ》で喉《のど》が引《ひ》きつって言葉《ことば》が出《で》てこない。

「主人公《しゅじんこう》の都合《つごう》がいいように話《はなし》が進《すす》む物語《ものがたり》はつまらないんだ」

すると、進《すすむ》が呟《つぶや》くように言《い》った。

その言葉《ことば》は私《わたし》にとって決定的《けっていてき》なものとなった。

主人公《しゅじんこう》……。

進《すすむ》にとってこの出来事《できごと》の主人公《しゅじんこう》は岩上泉《いわがみいずみ》であり、だからこそわざとピンチを再現《さいげん》したんだ！

そのほうが視聴者《しちょうしゃ》が喜《よろこ》ぶとわかっていたから！

自分《じぶん》を助《たす》けた本当《ほんとう》の理由《りゆう》を理解《りかい》した瞬間《しゅんかん》、打《う》ちのめされた。

心《こころ》がズシンッと重《おも》たくなって口《くち》を開《ひら》くこともできない。

次《つぎ》から次《つぎ》へと溢《あふ》れ出《で》てくる涙《なみだ》を止《と》めることもできなくて、ただただ嗚咽《おえつ》が漏《も》れた。

自分《じぶん》はここで岩上《いわがみ》と進《すすむ》によって殺《ころ》されるんだ。

視界《しかい》のすべてが滲《にじ》んで見《み》えなくなったとき、進《すすむ》がなにかを手《て》にして振《ふ》り向《む》いた。

それがなにか、はっきりと確認《かくにん》することはできなかった。

進《すすむ》はそれを握《にぎ》りしめた状態《じょうたい》で近《ちか》づいてくる。

「私《わたし》がやる」

岩上《いわがみ》が進《すすむ》に手《て》を伸《の》ばして言《い》った。

「こいつは絶対《ぜったい》に私《わたし》がやらないといけない」

その言葉《ことば》は決意《けつい》に満《み》ちている。

「いや、俺《おれ》がやる」

「どうして⁉」

叫《さけ》ぶ岩上《いわがみ》をなだめるように、進《すすむ》は両手《りょうて》を背中《せなか》にまわして抱《だ》きしめた。

「心配《しんぱい》しなくても大丈夫《だいじょうぶ》。少《すこ》し痛《いた》いだけだから」

私《わたし》が驚《おどろ》きで目《め》を見開《みひら》いていると、岩上《いわがみ》の耳元《みみもと》で進《すすむ》が呟《つぶや》く。

「え？」

岩上《いわがみ》が動《うご》きを止《と》めた次《つぎ》の瞬間《しゅんかん》だった。

進《すすむ》は持《も》っていたナイフを岩上《いわがみ》の背中《せなか》に突《つ》き刺《さ》したのだ。

岩上《いわがみ》が口《くち》を大《おお》きく開《ひら》いて、なにか言《い》おうとしている。

そんな岩上《いわがみ》の体《からだ》を進《すすむ》は両手《りょうて》で突《つ》き飛《と》ばした。

「あ……あ……」

岩上《いわがみ》は小《ちい》さく声《こえ》を上《あ》げてよろよろと後退《こうたい》したかと思《おも》うと、カメラごと倒《たお》れ込《こ》んでいた。

【刺《さ》された！】

【嘘《うそ》でしょ？　復讐《ふくしゅう》失敗《しっぱい》？】

【じゃあ警察《けいさつ》に通報《つうほう》ってことで】

【え、これってやらせじゃないの?】

コメントの一部《いちぶ》を読《よ》み取《と》った進《すすむ》は、すぐに私《わたし》に駆《か》け寄《よ》った。

ナイフで拘束《こうそく》を解《と》いて立《た》ち上《あ》がらせてくれる。

「無理《むり》……歩《ある》けない」

長時間《ちょうじかん》拘束《こうそく》されていた両足《りょうあし》はすぐにはいうことを聞《き》いてくれなくて、進《すすむ》に引《ひ》きずられるようにして音楽室《おんがくしつ》を出《で》る。

「ここにいたら捕《つか》まる。逃《に》げなきゃ」

進《すすむ》はすでに遠《とお》くからパトカーのサイレンが聞《き》こえてきていることに、気《き》がついていたのだった。


「岩上《いわがみ》に味方《みかた》だと思《おも》い込《こ》ませたのは、逃《に》げるためだ」

校門《こうもん》を抜《ぬ》けて狭《せま》い路地《ろじ》へ逃《に》げ込《こ》んだとき、ついに私《わたし》は倒《たお》れ込《こ》んだ。

そこで進《すすむ》は落《お》ちついて話《はなし》をしてくれた。

「よかった。進《すすむ》も敵《てき》なのかと思《おも》った」

「そんなわけないだろ」

進《すすむ》は私《わたし》の体《からだ》を抱《だ》きしめる。

きつく抱《だ》きしめてほしかったけれど、あちこち骨折《こっせつ》しているようなので軽《かる》く両手《りょうて》をまわす程度《ていど》だった。

「これからどうするの？」

「視聴者《しちょうしゃ》たちは通報《つうほう》した。きっと、俺《おれ》たち二人《ふたり》が悪者《わるもの》になってるはずだ。捕《つか》まるわけにはいかない」

「逃《に》げるの？」

「それしか方法《ほうほう》はないと思《おも》う」

幸《さいわ》い進《すすむ》の頬《ほお》の傷《きず》からの出血《しゅっけつ》は治《おさ》まっていた。

ほかにケガもなさそうなので逃《に》げきることはできそうだ。

でも、問題《もんだい》は私《わたし》だった。あちこち骨折《こっせつ》しているせいで、歩《ある》くこともやっとだ。

私《わたし》は狭《せま》い路地《ろじ》から空《そら》を仰《あお》ぎ見《み》た。小《ちい》さな空《そら》には星《ほし》が瞬《またた》いている。

動画配信《どうがはいしん》を見《み》はじめてからずいぶんと時間《じかん》が経過《けいか》しているのだろう、周囲《しゅうい》の家々《いえいえ》はとても静《しず》かで、眠《ねむ》りについている。

「私《わたし》のことはいいから、逃《に》げて」

「は？　なに言《い》ってんだよ」

進《すすむ》は私《わたし》を助《たす》けるために演技《えんぎ》までしたのだ。

「進一人《すすむひとり》ならきっと助《たす》かる。だけど私《わたし》が一緒《いっしょ》じゃ、きっと無理《むり》」

「そんなことない！」

私《わたし》は叫《さけ》ぶ進《すすむ》へ視線《しせん》を向《む》けた。

「進《すすむ》って結構《けっこう》かっこよかったんだね」

「な、なに言《い》ってんだよ、こんなときに」

動揺《どうよう》する進《すすむ》に私《わたし》は笑《わら》う。

「こんなにいい男《おとこ》が近《ちか》くにいるのに気《き》がつかないなんて、私《わたし》ってバカだよね。死《し》んだ相《あい》手《て》をずっと想《おも》ってることが美《うつく》しいことだと思《おも》ってた」

「それは別《べつ》に間違《まちが》ってないだろ」

進《すすむ》の言葉《ことば》に私《わたし》は左右《さゆう》に首《くび》を振《ふ》る。

「私《わたし》は間違《まちが》えたんだよ」

そう、大《おお》きな間違《まちが》いを犯《おか》してしまった。

イジメという方法《ほうほう》で復讐《ふくしゅう》しようとしたことも、復讐相手《ふくしゅうあいて》を間違《まちが》えたこともだけど、なによりも昂輝《こうき》がそれを望《のぞ》んでいなかったことに気《き》がつかなかったことが、間違《まちが》いだった。

そんな自分《じぶん》が、進《すすむ》とともに人生《じんせい》を送《おく》る資格《しかく》はない。

パトカーの音《おと》が近《ちか》づいてきて、周囲《しゅうい》が騒《さわ》がしくなりはじめた。

眠《ねむ》っていた人《ひと》たちが起《お》き出《だ》して外《そと》に出《で》てくる。

「行《い》って」

「嫌《いや》だ。俺《おれ》は行《い》かない」

「いいから、行《い》って！」

私《わたし》は進《すすむ》の体《からだ》を強引《ごういん》に路地《ろじ》の奥《おく》へと押《お》した。

進《すすむ》は数歩《すうほ》よろけるように歩《ある》いて、そしてゆっくりと歩《ある》き出《だ》す。

「逃《に》げるくらいなら俺《おれ》は自首《じしゅ》する。逃《に》げて生《い》きていくことなんてできない。ここで待《ま》ってろ。すぐに警官《けいかん》を呼《よ》んでくるから」

進《すすむ》はゆっくりと大通《おおどお》りへと歩《ある》いていき、その背中《せなか》はすぐに見《み》えなくなった。

私《わたし》はそれを見送《みおく》ってから、よろよろと立《た》ち上《あ》がった。

少《すこ》し動《うご》くだけで全身《ぜんしん》が痛《いた》くて、バラバラに砕《くだ》け散《ち》ってしまいそうだ。

それでも路地《ろじ》から出《で》てパトカーの前《まえ》へと移動《いどう》する。

「中学生《ちゅうがくせい》の男《おとこ》の子《こ》が刺《さ》されたぞ！」

そんな声《こえ》が聞《き》こえてきて息《いき》が止《と》まりそうになった。

視線《しせん》を向《む》けると、進《すすむ》が地面《じめん》にグッタリと倒《たお》れ込《こ》んでいる。

嘘《うそ》でしょ……そんな！

「キミは？」

呆然《ぼうぜん》と立《た》ち尽《つ》くしたとき、警察官《けいさつかん》の一人《ひとり》が近《ちか》づいてきた。

「私《わたし》は……」

説明《せつめい》しようと口《くち》を開《ひら》いた瞬間《しゅんかん》、背中《せなか》にドンッと衝撃《しょうげき》が走《はし》って言葉《ことば》をのみ込《こ》んだ。

ゆっくりと振《ふ》り返《かえ》ると、そこには岩上《いわがみ》が立《た》っていた。

途中《とちゅう》でシークレットブーツが脱《ぬ》げてしまったのか、身長《しんちょう》は私《わたし》より低《ひく》くなっている。

岩上《いわがみ》は口《くち》の端《はし》からも血《ち》を流《なが》して、だけど満足《まんぞく》そうに笑《わら》っている。

私《わたし》は右手《みぎて》で自分《じぶん》の背中《せなか》を探《さぐ》った。

そこには進《すすむ》が持《も》っていたよりも、小型《こがた》のナイフが突《つ》き立《た》てられていた。

それを確認《かくにん》した瞬間《しゅんかん》、足《あし》から崩《くず》れ落《お》ちた。

「おい！」

警察官《けいさつかん》たちが一斉《いっせい》に駆《か》け寄《よ》ってくる。

岩上《いわがみ》が取《と》り押《お》さえられるのを見《み》ながら、視界《しかい》は徐々《じょじょ》に薄《うす》れていった。

これでいいんだ。

これが、私《わたし》への罰《ばつ》。

イジメをしてきた私《わたし》がなにもお咎《とが》めなしで終《お》わる話《はなし》なんて、きっとこの世《よ》のどこを探《さが》したって存在《そんざい》しない。

「大丈夫《だいじょうぶ》か、キミ！」

警察官《けいさつかん》がせわしなく動《うご》きまわるなか、私《わたし》の目《め》には進《すすむ》と和美《かずみ》と久貴《ひさたか》の姿《すがた》が見《み》えていた。

「みんな……」

手《て》を伸《の》ばし、みんなと笑顔《えがお》で挨拶《あいさつ》をかわす。

おはよう。
また会《あ》えたね。
ねぇ、今日《きょう》はなにして遊《あそ》ぼうか。
そんな、普通《ふつう》の中学生生活《ちゅうがくせいせいかつ》を想像《そうぞう》する。
あぁ……楽《たの》しいな。
ねぇ、岩上《いわがみ》も楽《たの》しいよね。
復讐《ふくしゅう》なんてない、普通《ふつう》の学校生活《がっこうせいかつ》。
それは、私《わたし》が手《て》に入《い》れることのできなかった幻想《げんそう》。
私《わたし》は「ふふっ」と笑《え》みをこぼし、そして目《め》の前《まえ》は真《ま》っ暗《くら》になった。

END

あとがき

ここまで読《よ》んでくださったみなさま、ありがとうございます。

西羽咲花月《にしわざきかつき》と言《い》います。


みなさんは動画《どうが》などでASMR《エーエスエムアール》を聞《き》いたことがあるでしょうか。

川《かわ》のせせらぎや鳥《とり》のさえずり、いろいろな音《おと》がありますが、私《わたし》が好《す》きなのは、亀《かめ》が野《や》菜《さい》や果物《くだもの》を食《た》べている「シャクシャク」というおいしそうな音《おと》です。


だけど、音《おと》を聞《き》いただけじゃわかりませんよね？

今回《こんかい》の作品《さくひん》は、そんな《音《おと》》をクイズにしたホラー作品《さくひん》です。

賞金《しょうきん》につられて音当《おとあ》てクイズに参加《さんか》した主人公《しゅじんこう》たちは、思《おも》わぬ事態《じたい》に巻《ま》き込《こ》まれてしまいます。

日《ひ》ごろから誰《だれ》かを傷《きず》つけたりイジメたりしていなければ、こんなことにはならなかったのかも？

主人公《しゅじんこう》の勘違《かんちが》いは、相手《あいて》と会話《かいわ》をすることで正《ただ》すことができたはずです。

好《す》きだった人《ひと》の彼女《かのじょ》は誰《だれ》だったのか。

それだけわかれば、このようなことは起《お》きなかったでしょう。

私《わたし》たちも、気《き》をつけていきたいですね。

最後《さいご》に、本書《ほんしょ》を手《て》に取《と》ってくださったみなさま、ありがとうございました。

イラストレーターさまはじめ、この作品《さくひん》に携《たずさ》わっていただいたすべてのみなさまに感謝《かんしゃ》します。

二〇二五年　二月二十日　西羽咲花月《にしわざきかつき》

野いちごジュニア文庫

著・西羽咲花月（にしわざき　かつき）

岡山県在住。趣味はスクラッチアートと読書。2013年『爆走LOVE★BOY』で書籍化デビュー。『彼氏人形』で第9回日本ケータイ小説大賞で文庫賞を、『デス・チケット　恐怖のホラーハウスへようこそ』で第2回野いちごジュニア文庫大賞の優秀賞を受賞。『洗脳学級』『ある日、学校に監禁されました。』『リアルゲーム』『キミが死ぬまで、あと5日　逃げられない呪いの動画』（すべてスターツ出版刊）など、著書多数。現在は、小説サイト「野いちご」を中心に執筆活動中。

絵・雲七紅（くもな　こう）

マンガ家兼イラストレーター。「繰り返す夜会で、今夜もまた貴方から婚約破棄を」（ナナイロコミックス）マンガ作画、「ミラクル相談室 ネット＆スマホのトリセツ」「ミラクルきょうふ！ 本当に怖いストーリー」シリーズ（西東社刊）ほかマンガイラスト、巴山萌菜さんイラストマンガ動画を担当。ホームページ　https://kumona-no-a.amebaownd.com/

拷問ASMR
恐怖の音当てクイズ

2025年2月20日 初版第1刷発行

著　者　西羽咲花月　© Katsuki Nishiwazaki 2025
発 行 人　菊地修一
デザイン　北國ヤヨイ（ucai）
発 行 所　スターツ出版株式会社
〒104-0031 東京都中央区京橋1-3-1 八重洲口大栄ビル7F
TEL 03-6202-0386（出版マーケティンググループ）
TEL 050-5538-5679（書店様向けご注文専用ダイヤル）
https://starts-pub.jp/
印 刷 所　大日本印刷株式会社

Printed in Japan
ISBN 978-4-8137-8200-1 C8293

ファンレターのあて先

〒104-0031　東京都中央区京橋1-3-1 八重洲口大栄ビル7F
スターツ出版（株）書籍編集部 気付
西羽咲花月先生
いただいたお便りは編集部から先生におわたしいたします。